日本推理小說家
教你看透人生內心戲

打破框架、拆解懸案的100個生活思考

森博嗣

蘇暐婷——譯

0 | 100

前言

我在下筆前習慣先構思一百則單行標題，這會耗費約半年的時間，步調大約是兩天想一則，等到全部湊齊，就開始撰寫所有文本，而這部分總共只花了十小時左右，換言之每天只要一個半小時，約一週就能寫完。這本書是我用上述方式創作以來的第三本，它的定位是前一本書《跳脫框架的一百篇講義》（暫譯）的續作，但兩者之間並無延續，同一本書裡的內容也不連貫，僅是一本短篇散文集。

身邊的人都告訴我「這種書一定賣不好」，我自己也覺得會賣不好，可是出乎意料地，銷售冊數愈來愈多，甚至幾度再版。於是一年後，我推出續作。舉凡任何形式的作品，第二集通常都不如前作，我知道得想想辦法，但很快地確信自己無計可施，只好順其自然。

那段寫作時間我總是泰然以對。我不緊張、不拘束、不特別有幹勁，因為過度拚命反而會引起疲乏，在這樣的情況下，我不認為可以產出好東西。休息是為了走更長遠的路，就像挖土一樣，就算只是一天一點地慢慢鏟土，不知不覺也會挖到原本預設大小的洞。

孩提時代的我習慣將玩具玩壞，連自己做的玩具也是，我享受將其耗盡的過程。每當模型飛機飛到最後不見蹤影，或是掉下來摔個粉碎，我便利用那些壞掉的零件，立刻創造下一個作品。現在不知道是有錢了，還是不想把做好的成品弄壞，我的模型飛機幾乎只試飛一次，一旦成功翺翔，便開開心心地帶回家擺好。所以，家裡總是堆了滿坑滿谷的模型飛機與小火車，有時還被誤認為是收藏家。

同樣的，年輕時的我喜歡追根究底，總愛把對方的論點攻擊得體無完膚，或者不斷修正、組合、輸出，直到該理論完全不敷使用。如今，我發現不必那麼鑽牛角尖，一想到像這樣隨興地把想說的話寫進文章裡，不一會兒也會有人去閱讀，我便會趁著還有靈感的時候先把點子紀錄起來。這無關好壞，因為充其量寫書就是這麼回事。

一如往常，我還是鮮少放入時事，並以抽象的方式書寫。不過讀者仍然敏銳地揪出了文中具體而微之處，這真是非常有趣，這意味著人對於共時性與共通感總是特別敏感，每每令我自嘆弗如，而這就是我所欠缺的。

目次

第2幕 破除盲點，深度思考——知識

第3幕 平衡理性，仔細觀察——情感

第5幕 客觀思考，保持中立——社會

第1幕

思考未來，活在當下

人生

1 | 100

用明天就要死亡的態度生活，以永遠不會死去的精神學習。

印象中這句話出自某位偉人[1]，但一時想不起來是誰了，只記得偶然聽聞，頓覺醍醐灌頂。

這與「準備迎接死亡」及「盼望長命百歲」稍有不同，癥結不在於「準備」、「盼望」的心境，而是「在生活上，能否讓自己的人生隨時停擺」，以及「在學習時，能否縱觀一生所需跨越的光陰」。

可惜一般人的行動與思維經常背道而馳。被叮嚀要規劃未來，卻只知日復一日、年復一年，不斷拖延，而不願正視「不知自己能活到幾歲」。

孩提時代的我體弱多病，經常住院，那段日子就在病床上抄寫朋友帶來的課堂筆記，我也因此深感人生無常。年輕時，我經常暗暗思忖：「要是今天在睡夢中死去了，會發生什麼事？」所以每當研究途中有了絕佳靈感，便寫下精簡的筆記，以備不時之需。這不是給家人的遺書，而是留給後輩研究人員的前人講義。

當時我認為，那份研究以現今電腦的功能而言，根本不可能實現，要運用自如至少也得等上五十年，若要在日常生活中普及更需百年。為此我經常思考一、兩百年後地球與社會將如何演變。我想，對科學家及研究員而言，如此思維是再自然不過，不是什麼稀奇的事。

但最近我已經不再那麼悲觀了，我享受充實的每一天，即使一覺不醒也了無遺憾。

或許資質愚鈍如我，必須再過二十年才能達到標題的那種境界吧！

把明天視為生命的最後一天，同時告訴自己精神不死，人的想像力足以做到這點。現實不過是發生在生與死兩造極端之內的事，因此即使天塌下來，我們都沒什麼好怕。不僅要這樣思索自己的人生，面對家人、愛人等在乎的人事物，也要抱持這樣的覺悟，如此才是最好的思考。

1——聖雄甘地，原文為 Live as if you were to die tomorrow. Learn as if you were to live forever.

在競爭社會下，沒有相同的起跑點。

職場競爭，學校也競爭，人生就是不斷與他人競爭的戰場，但又不像運動競技般擁有相同的條件。不但起跑點各異，也無法同時起跑，雖然不公平，但在這個世界上，本來就沒有明文規定一定要公平，反倒像運動以人為創造平等，才是不自然的。

於是，比別人早點起跑儼然成了第一要務。然而，最先突破起跑點的人，卻必須自己決定終點；至於後繼者，只要以追趕前人為目標就可以了，算是有利一點，但能否挽回先天的劣勢，就是另一項挑戰了。

例如孩童，他們不知道終點在哪，卻被強制參加用功唸書、取得好成績的比賽。當他們發現時，早已身在競技場的跑道上，甚至跑起來了！然後一邊跑才一邊發覺——原來這就是競爭。

儘管運動強調條件平等，實際上卻是以各自的身體奔馳，體能、心肺功能、運動神經……怎麼可能平等呢？先天條件占了大多數，努力所能彌補的相形之下顯得小多了。但若強行辯解，只會不斷拖延時間，所以還是先跑再說。

人生競賽最大的特色，在於不像運動有規定的跑道，我們可以選擇自己能獲勝的跑道，甚至邊跑邊轉換跑道也無妨。儘管我們無從得知終點在哪，但是跑著跑著，自然會愈來愈享受、愈跑愈舒暢。

有跑步的人就會懂的。

而那些因為起跑點不同、腳程速度有別、自己有傷在身等等理由而選擇不跑的人，是無法理解這份暢快感的。弔詭的是，那些不跑的人，還會覺得跑步的人何必把自己弄得如此疲憊辛苦。

每一位馬拉松選手看起來都很辛苦，但那只是沒跑步的人的片面觀察。跑回終點的跑者，不論再怎麼疲憊，未來也會繼續跑；而且就算不是跑第一，也會笑容滿面地跑完全程。這是屬於跑者的命定時刻，不跑步的人絕對無法體會。

人生確實是競賽，但那意味的是，與自己的戰鬥。

競賽項目是游泳或跳水？從泳池上來時又有誰知道？

來談一點比較深奧的話題，我想用抽象的方式來說明「研究」這回事。研究開始前，我們會先透過調查來掌握某領域的資訊，並查閱絕大多數過去的文獻，說「絕大多數」，是因為無法保證能一網打盡。隨著調查結束，尚未解決的疑問或不合理處便會一一浮現，此時研究才正式開始，之前的調查作業不過是到達起跑點前的準備罷了。

以游泳來做比喻。當我們站上跳台，做好預備動作、往前直視，我們看不見競爭對手，只有自己一個人。待哨音一響、躍入水中後，也只能專心地划水。我們必須偶爾換氣才能持續前進，因此要適度調節自己的節奏，至於終點在哪，則是毫無概念。

但是游著、游著，景物逐漸清晰，同時我們看見了其他泳者。雖然不知道彼此是何時入水的，但因為終點相同，或許相去不遠，總之先往同個方向游。

不知不覺間，我們的手碰到了類似終點的地方，但又忍不住懷疑，那真的是終點嗎？就像抵達泳池兩端再也無法前進一樣，或許應該轉個彎往回游……可是，內心又隱約覺得應該先上岸一趟。

離開泳池，這才終於看見自己游過的水道，卻搞不清楚自己到底比了什麼，或許比的不是游泳，而是跳水。若是跳水，一開始的跳躍，就幾乎決定了一切；也有可能是接力賽。若是接力賽，我們交棒後，下個泳者正在奮力向前游，勝負仍未分明。

其實到底比了什麼，根本無所謂，因為我們只會記得自己躍入水裡，拚命地划水。

或許人生也是如此。

小時候做足準備，不知不覺躍入社會，在一片混沌中先游再說，至於比的是什麼，等行將就木時就會懵懵懂懂地知曉了。

4 | 100

起步前才是最累的時候。

我是一個非常怕麻煩的人，對多數事情都提不起勁。我不愛行動，而且從小如一，若要用一句話來解釋，我會說：「動手之前我就能大致預測結果了，一想到這，便覺得即使做了，收穫也不多。」

可是如果我游手好閒，社會就會施加強大的壓力唾棄我，這是我從小便學到的公式。其實比起社會，父母與老師的壓力又更真切，例如他們總要我好好算數學，吩咐我把眼前的問題解出答案，但這對我而言一點也不有趣，我也不會因此變聰明，根本就是浪費時間。我雖這麼想，但若不做，師長就會動怒，所以我只好為了討師長開心把這當作一項服務。我的數學算得比任何人都快，但若因此被褒獎，我不會高興，就像因為體重最重而被稱讚，相信任誰都不會開心吧？

不過我學會了一件事——即使討厭，一旦開始做，就能集中精神。做著做著，便會忽然想起許多事，獲得許多附加價值。這對我而言很有意思，我發覺只要我開始動腦，就會產生這些副產品。

現在我依然是個怕麻煩的人。我的父母與老師都不在身邊，在工作上我形同主管，沒有任何人會督促我、斥責我，所以我只能自己命令自己，然後心不甘情不願地動身執行。我得板起面孔教訓自己，然後服務自己。

當我開始做之後，我發現自己很能集中精神，進展也很順利，而且一定會出現副產品。過了一段時日再回頭看，更能察覺這其中的深義。所以，我確信了一個法則——比起不做，做了更好。這項道理支持我一路至今。

我每天都會帶狗狗出門散步，若是嚴冬的早晨，有時還會冷到零下二十度，讓我一點也不想出門。我昏昏欲睡、身體疲累、腳步沉重，想著「即使去散步我也得不到任何好處」，試圖說服自己放棄出門，然而狗狗們已經迫不及待想出門了，最後拗不過狗狗，還是帶牠們出門了。

走著走著，才發覺一路上愈走愈輕鬆，回家時，心情也變得極好，想來真是不可思議。以物理學或身體的慣性來看，愈走應該會愈疲憊，但結果卻經常相反。

其實絕大多數的挑戰都是這樣，最艱困陡峭的路途，總在踏出步伐前。

5 | 100

年輕人占優勢，因為他們擁有名為時間的財產。

有個詞叫做「好野人」，也就是「有錢人」，人人都想成為有錢人，可是仔細一想，還有比錢更重要的東西，那就是時間。千金難買寸光陰，有些問題無法用金錢解決，用時間卻可以。這代表比起有錢人，「有閒人」更具價值，更該成為人人艷羨的對象。

所謂「有閒人」，從基本情況來看，年輕人最符合，因為人生剩下的時間還很長，我希望年輕人能自覺這項優勢，這比有錢人還要有利太多了！當然，年輕人在本能上也知道這點，所以他們擁有夢想、有好奇心、懷抱著「即使現在無法實現，總有一天也會有辦法」的樂觀看法，這都源自於他們擁有時間。

但擁有時間，並不代表可以浪費。即使我們擁有非常多的時間，也不能像錢一樣一口氣用光。例如某件事情需要花費一千個小時，我們不可能一下子掏出一千個小時出來。這就好比限制億萬富翁一天只能花費五百元一樣，緩慢地、節制地使用，可是若不斷浪費虛度，到時出現夢寐以求的事物時，時間便會週轉不靈，使我們徒然老去。

此外，時間不像金錢可以借貸，也無法儲蓄，而且我們無法預測什麼時候會失去它，即使是有時間的人，也不曉得自己總共擁有多少。所以，即使我說年輕人是「有閒人」，也只是單純的平均值而已，並不代表所有年輕人都享有大把光陰。

這的確很難，我們不曉得自己擁有多少時間，而且只能一點一滴地使用。於是我們思考該如何運用時間，可是別忘了，思考本身也很費時，如果鑽牛角尖，時間就會一分一秒地流逝。而當我們想要把握任何機會、多加嘗試時，這下又變成沒有錢，導致成效不彰。

一如金錢是維持生命所必須的，時間也是同樣的消耗品。我們必須就寢，必須進食，必須工作，必須不斷花費時間，而真正能隨心所欲的時間，到了最後只剩下一點點。

不過年輕人擁有時間，這點是不會變的，但這不免讓我們焦急，若不趁著年輕趕快做點什麼，就來不及了。究竟該怎麼拿捏才好呢？

偶爾思考自己製造了什麼。

人的評價會受自己製造出什麼而影響。製造，就是創造新事物。大多數的孩童和年輕人，習慣在不知不覺中創造新事物，所以不必為其操心。他們在日常生活中，習慣寫寫文章、畫畫塗鴉、佈置房間、改變自己的髮型、在包包上掛上新的吊飾……等，這些創意有大有小。他們總是自然而然地想來點新的嘗試，如果停下來了，也是因為已經達成了某些目標。

等到他們成年，開始工作，到了一定的年紀後，就會發現自己再也不這麼做了。回想昨天，也只會驚覺自己前天、大前天幾乎天天過著樣板似的生活。舉例來說：每天重複挑剔、抱怨他人的毛病；人云亦云，跟隨別人的腳步；只想著花錢、想著吃喝玩樂，過著一成不變的日子；至於身體，也只是被公車、捷運搬著走；消化吃進的食物，轉換成能量，然後感到疲憊、輾轉入睡，如此反覆循環。

他們放棄思考，只做簡單的算術，只會速記和想起，只會回憶過往，陷入相同的心境，然後再看一次看過的電影，再讀一次讀過的書，沉浸在往昔的體悟裡。

工作方面，也只會按表操課，知道此時該這麼做、這種情況要如何處理，與機械無異。

他們，也就是我們，似乎只要「keep working」就心滿意足了，甚至連唯一的工作產物——商品，其實也都不真正出自你我之手。

當然，只要工作就能獲得薪資報酬，金錢入帳就如同挹注了能量與動力，這下總算可以做自己喜歡的事情了吧？結果，又總是把錢耗費在日常生活裡。

有人強調，那是為了「維持健康的身體」。儘管健康和財富同樣是如電力般不可或缺的能量，但如何看待並進行「維持健康」一事，價值將大不相同。發電廠之所以製造電力，可不只是為了讓發電廠製造出更多的電力啊！

我們或許無法隨時思考，因為人生沒有那麼充裕，有時光要解決眼前的問題，就耗盡了全身的力氣。但是只要偶爾就好，不妨問問自己，我們創造了什麼？

7 | 100

容易入口，是對料理的稱讚？

讀者看過我寫的小說後，感想通常會分為「難讀」和「易讀」兩大派。前者的理由是風格不喜歡、外文的標示很怪等，後者則多是善意的回應，總之就是讀了「容易吸收」。

這幾年來，日本人很喜歡以「容易入口」代替「好吃」來稱讚料理，尤其以年輕人居多，但我聽了總覺得哪裡不舒服。

容易入口，讓人聯想到的是流質食物，亦即不必花費力氣就能食用。它的反義詞是「不易入口」，專指味道不好、太硬、有怪味等。可是，要吃到「有飽足感」，也要花費一定的力氣，代表它是容易入口的反義詞，而「有飽足感」這個詞又與「份量大」意思相同，由此推論，量多的料理應該也屬於「不易入口」的範疇。但是很顯然的，這和好吃、不好吃有些差距。

家要「容易居住」，車要「容易駕駛」，那是因為我們只將它當作工具來看待，就像路要「容易行走」一樣，我們有一個明確的目標可以前進，所以認為抵達目標是第一要務。

但若以繪畫等藝術品來看，就不是「容易觀看」來的好了！當然，基本前提是展現方式與燈光照射角度都得讓作品容易被看清楚，但就藝術品本身的價值來看，我們不會用「蒙娜麗莎很容易觀看」當作讚美，至於畢卡索就更不可能一眼看穿了。

支持的隊伍「容易獲勝」比較好嗎？或許是吧，但若自己運動，還故意挑軟柿子吃，不覺得有點弔詭嗎？

現在的年輕人似乎已經被「不費吹灰之力」的價值觀洗腦了，例如「容易讀的參考書」、「容易記住的英文單字」等，各位不妨捫心自問，是不是被這些組合給控制了？

「可是我還是想簡單一點，我不想過得太辛苦。」這些人渴望容易存活的人生，進入容易考上的大學，和容易約會的人交往，和容易結婚的人結婚，最後死於容易死去的死法。

我認為像這樣趨於「容易」，無疑是人類的一種「退化」。

藝術家是讓過去的工作增值的行業。

一般而言，我們幾乎都知道完成「這份工作」之後能獲得多少酬勞，而為了得到那份酬勞，我們便以承受辛勞作為「代價」。製造商品的人，也大多知道商品做好後能賣到什麼價錢，才會動手生產，當然，實際售價並沒有硬性規定，有時遇到作業困難，或必須賭一把時，價格就會變動，但翻漲好幾倍的例子卻相當罕見。

我把作家定義為工匠，負責製作商品，但是每當書籍發行再版，獲得多出的版稅時，我都會深深感慨「書果然還是藝術品」。

在日本，書的版稅是根據出版社製作了幾本書來支付的，因此就算賣不完，也與作者無關。假設初版印了一萬冊，那麼書籍定價的一成（有時還會再高一點，也有可能再低一點）乘以一萬倍就是作家能得到的版稅。若是定價兩千元的書籍，一冊的版稅就是兩百元，一萬冊就是兩百萬元，至於初版要出幾冊，則由出版社決定，但在書寫作品時，作家幾乎都能預估數量，所以可以大致瞭解自己寫作的行情。

之後若那本書大受歡迎，比起初版的數量有更多人前來購買，那麼出版社就會再版，將同一本書重複印刷。若印五千冊，作者就會有一百萬元的版稅收入，此時作者不必工作，只要翹著二郎腿，等出版社印刷、出貨，就能分到再版的版稅。這就是著作權厲害的地方。

每一次再版，版稅都會進帳，如果收錄成叢書（此時排版會變更，必須再度確認），又會有版稅的收入。

這意味著以往完成的工作，在之後增值了。一如畫家在過去繪製的作品，可能在一夕之間價格暴漲。只要有人喜愛，過去的工作價值就能提昇，但這在藝術之中，僅限於拍賣品。演員或藝人紅了以後，雖然演出酬勞會增加，但改變的是往後的工作契約，而非過去的工作。

這和投資股票類似，只要把經營作者和書籍銷售想成持有股票，就很好理解了。

9 | 100

某紀念日帶來許多工作，您意下如何？

除了出道前的作品以外，我從未主動提議要寫小說。全部都是由出版社提出要求才書寫的，散文也是，約有九成都是針對「希望可以幫我們寫書，最好是寫小說」所作出的回應／閃避。相較於散文，小說擁有極佳的性價比，但我自己並不是很喜歡寫小說，幾番任性下，便成了目前這番局面。

當出版社邀請我寫書時，約有五成的機率會告訴我這是某某特殊活動的一環，希望我能幫忙。例如出版社創立幾週年、雜誌創刊幾週年……由於世界上所有的一切都能成為紀念日，因此每年幾乎都有這樣的機會。分得更細一點，還有「博覽會」呢！出版社會告訴我暑假是推理小說博覽會，或某處的書店有某個主題的博覽會，希望能配合活動推出新書。

我不知道其他的作家做何感想，或許很高興「自己被選上了」，但我卻抱持存疑的態度。此類活動明明沒有實質內容卻大方坦率地邀請我寫稿，不免讓我懷疑自己是不是一頭早被盯上的肥羊，這種以銷售為前提伴隨而來的委託，怎麼想都覺得「案情不單純」。

我不禁想像，出版社在開會時決議「透過這次的活動要讓業績提昇」後，就將業績額度分配給各個負責人，大家便各自散開找比較好講話的作家商量。

醜話說在前頭，如果扣除「某某紀念日」或「某某博覽會」等購書動機，書就賣不好，其實是一個很嚴重的問題，更何況這麼做根本吸引不到讀者。書店員工可能會因為佈置得漂漂亮亮而沾沾自喜，但那就像柏青哥店門前插滿旗幟一樣，效果僅只於此，並不代表讀者瞭解並響應這個活動。

或許，不將這樣的活動形而上，許多作家就無法在期限內完成稿子。以工作而言，這樣過於天真浪漫；以專業人士而言，又很丟臉失格。他們或許會反駁藝術家從事的不是工作，而是另外一回事，但藝術家中的佼佼者，就是能在期限內善盡工作本分，而且都很多產，無一例外。

類似的情況在大學也會發生，相信不論到哪都能看見類似的現象。

10 | 100

是膩了還是不符期待？

當某種產品爆紅後，坊間就會出現模仿效應，搶著製作相同的產品。儘管廠商知道沒有辦法賣得比原先的好，仍會認為這是筆不錯的生意，彷彿銷售量一定會超越其它產品。

由於後繼產品往往無法超越原創產品，創作者自然無法心服口服，無不絞盡腦汁，投注大量心血來製作，但這樣依然賣不過原創產品。

客觀來看，後繼者的品質更好，更具藝術性，高度也夠，但就是不見買氣。為什麼會這樣呢？問題出在消費者，所以創作者即使處心積慮變換花樣，也是白費力氣。

由於消費者已經經歷過創始商品的驚喜體驗，所以沒有辦法用客觀的方式看待後繼產品。若是相同的產品，他們會覺得：「怎麼又來了，好膩」；若提出不同的創意，又會惹人怨說：「不符期待，我想要的不是這樣的東西。」

最好的方法就是再度體驗一次一開始的產品。若是電影就重看，若是小說就重讀，若是商品就再買一個，試著感受它帶來的經驗，或許我們會想

「我不想重看一樣的作品」、「相同的東西不需要兩個」，但我們期望的，不正是「再來一次驚喜的體驗」嗎？

換成從作者的角度出發。對作者而言，買過自己商品的消費者的確是好顧客，若能再次購買就更棒了。但這些消費者，儼然已成了「難以討好的對象」，因為他們已經體驗過一次，不那麼容易被取悅。與其硬要招攬這些顧客，倒不如開發新的客源還簡單些。

換句話說，在消費者發表「我已經厭倦這個作者了」、「這個作者已經江郎才盡了」等感想時，作者其實早已看穿消費者心態，認為「最近這群讀者的感受性比較遲鈍」，並覺悟「最好換一下讀者群」。

一般而言，付錢的人都會有老爺心態，認為創作者要「以客為尊」，潛意識中認為「我出錢所以可以抱怨」，進而口不擇言。就連普通的高中生，都能批評「村上春樹寫得不怎樣」，真是讓人笑掉大牙。

11 | 100

拚死一搏時，重要的是如何收手。

最近「拚死一搏」這句話很少使用，或許是表現上比較殘忍，或許是「死」容易讓人產生不好的聯想，理由並不清楚。又或許是不必用到這句話，只要說「全力以赴」、「盡我所能」一樣可以表達意思，但是對我而言，「拚死一搏」是非常精準的表現。順帶一提，「一生懸命」[2]因為誤用太過廣泛，積非成是，如今已經收錄在字典中。

舉例來說，若是運動、學業、工作這類等級，用拚死一搏似乎太超過了，用「盡我所能」就好；可是若是在戰場或災難現場，用「盡我所能地逃走」似乎又太弱了，可見人們有時仍需要「拚死一搏」。

然而，即使我們拚命工作，仍需要適時停下來，因為我們無法永遠持續這種狀態。即使持續下去，效果也很難提昇，此時就要學著放下手邊的工作。換個說法，就是「退場」或「撤退」，亦即「收手」。

當我們決定拚死一搏，很容易讓收手的時機溜走。因為一旦使出渾身解數，自然沒有多餘的心力觀察環境，如果我們還能察覺該做到哪裡才好，那就不算拚死一搏了。相對的，當我們莽撞地投注精力，觀測雷達自然不會啟動。

我自己一個人的時候，每次都會錯過收手時機，我老是做過頭，平白浪費許多功夫。而在工作上，我們是團隊作業，因此何時收手就得仰賴領導者掌控，而那位領導者，就是告訴底下的人「拚死一搏」的我。我必須接受這項原則——拿捏分寸而不拚死一搏，隨時留意何時該收手。畢竟和部下一起工作得渾然忘我，對於領導者而言是不及格的。

要掌握失敗時的收手時機並不困難，困難的是見好就收。我們往往一不小心便做過頭，延誤了最佳的退場機會，畢竟要把氣勢正旺的事物終止何其困難，因此領導者是否優秀，差異就在收放之間。

2——日本成語，正確用法為「一所懸命」，指在某件事物上投注自己的生命。

12 | 100

擅長或不擅長，取決於與他人的關係。

我是一個漫不經心的人，經常受傷，也經常碰撞或弄壞東西。長久以來，我一直以為這對人類而言是很普遍的現象，但自從結婚後，身邊多了些人能讓我觀察，我才發現——原來是因為我不擅長。

老婆大人（特地用敬稱）非常能幹，能做任何我做不了的事，而且做得無懈可擊。她有近視，能將手邊的工作看得一清二楚，我則是遠視，雙手距離以內的事物一片模糊，相信到了這把歲數時大家都能體會。

當我想拿東西時，我發現自己有個習慣，會在拿到東西之前把視線移開，因為我已經確信手能碰到該物品了，但是當我把視線轉向下一個要拿的東西時，就會一不小心把東西碰掉，讓手被砸傷，因此我身上總有許多這樣的傷痕。

直到我有了家庭，發覺我在家人身上觀察不到這個現象，才確定那是專屬於我個人的特色。

因為遠視，我看文章極慢，將近四十年來我一直沒有察覺這項原因。我光是對焦就要花許多時間，而且只能一個字一個字慢慢看，無法一次讀一句。最近我配了眼鏡，閱讀速度大增，真想送一副眼鏡給孩提時代的我。

我也有擅長的地方，不過這也是和他人比較後，我才知道自己擅長。對我而言，有些事情一直沒什麼大不了，我以為任何人都做得來，卻出乎意料地發現沒有人能做。這件事若再說下去就流於誇耀了，所以打住不提，我想說的是——擅長與不擅長，取決於與他人之間的關係，而非與生俱來。

例如，我們極少將群眾當作對象，大多數時候，我們不論說話、遊戲，對象都是一人或兩人，人數很少，我們也因此比較出自己擅長什麼與不擅長什麼。然而，即使頭腦再好，被一群頭腦更好的天才包圍便顯得愚鈍了。我們應該三不五時反省這種相對的關係，因為在這個世界上，人外有人，天外有天，卻也比上不足，比下有餘。

多數人共同的感覺是自己大約處於中庸的位置，我想這一定是種本能。

13 | 100

熊熊大火容易迅速消逝，燜燒反而能長長久久。

這是一個普遍可觀測到的現象。等量的物品若化學反應愈快，就愈容易結束。當然，所有物質都是相同的道理，這是不言可喻、理所當然的。

可是，當我們透過觀察與認識，關注人類與社會的動向而非物體時，會發現情況稍有不同。我們無法判斷目前的狀況是「熊熊燃燒」或是「燜燒」，因為缺乏可對照的人事物，而且難以測出自己有多少「量」。

例如，一個人究竟有多少才華，豈是一開始就能判斷的？這份才華若不運用在工作，並以肉眼可見的形式呈現於社會，人們就無從得知。我們只能從產出的質與量，來衡量這個人擁有多少才華，所以就算我們覺得他正在「熊熊燃燒」，或許他只是在「燜燒」；有時我們以為「差不多該燒完了」，卻又猛地火光沖天。

一般而言，一旦熾烈燃燒、被社會認知，往後便能不斷燜燒下去。因為燒得最旺的時候知名度已經打開了，除了名字家喻戶曉以外，也有了固定的追隨者（顧客），不會被忽略或警戒。

因此與其長年燜燒再猛烈燃燒，倒不如早點冒出大火讓周遭看見，這樣比較容易成功。

就我個人而言，我並不是以小說家的身分出道、成名的。雖然作者簡介有時會寫「一躍成名的當紅作家」，但我並不這麼認為。我的書是慢慢愈賣愈好，五年後才達到高峰，之後持平，至今也沒有明顯下滑，因此我很感謝我的讀者。

可是，每到年度結算時，一與稅務人員提及銷售持平，對方都會提醒我——銷售額劇烈起伏才能減稅。「比起不斷持平，迅速燃燒、立刻熄滅，接著又迅速燃燒、立刻熄滅，稅金才能減少。」但我壓根不打算節稅（順帶一提，我銀行裡的儲蓄是沒有利息的，也完全沒有投資）。一下子賺進一堆錢，又一股腦花光，這和一無所有不是一樣嗎？而且遺憾的是，我不知道該如何一下子花光，所以還是維持原樣，安安分分過日子吧！

第2幕

破除盲點，深度思考

知識

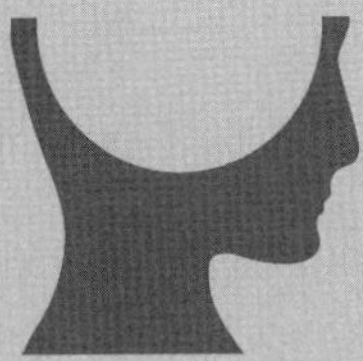

14 | 100

知識是一把雙面刃。

有位年輕的老師在大學教文科，他沒什麼教學經驗，對該科目也才剛接觸，但因為上課風趣，所以很受學生歡迎。這個故事出自一本不能具名的書，內容寫的是作者自身的成功經驗。

平常出版社會送來一些書，除了小說以外我都會讀（小說幾乎不碰），加上最近我慢慢養成了閱讀習慣，所以一個月會讀十本書左右。讀完這本書後，我發現自己對這位愛現的老師有些嗤之以鼻，不過那其實就是他的特色、他的風格。撇開這部分不談，他認真教學的態度、努力行銷自己的苦心，以及真誠、實在的說話方式，都令人十分佩服，他所想出的點子也真的很有趣。

然而，根據我在網路上偶然看到的書評，該學科的專家無不砲火猛烈地攻擊他，希望他多讀點書，別丟人現眼。

雖然我也或多或少這麼認為，可是這本書的價值並不在這裡，而這位老師珍貴的地方，也不僅僅在他的教學內容。若以專家角度來看，沒錯，這位老師或許是「旁門左道」，可是，若老是堅持「名門正統」，人們就只能接觸到頑固、死板又守舊的教育，課程永遠都那麼枯燥無聊、乏人問津。與重砲批評這本書的人相比，這位老師與其教法反而是彌足珍貴的，只是「當局者迷，旁觀者清」，批評者自己沒發現罷了。

其實這是一種很常見的現象。抽象而言，我們愈以知識為傲，就愈難對該知識相關的事物打開胸懷，因為我們習慣先入為主。愈是專精，就愈難廣納意見，最終成為一個學問深厚卻剛愎自用的人。

對我而言，不論讀任何書都有收穫。讀書不可能一無所獲，之所以沒有，是因為讀者把自己的眼睛遮住了、把心封閉了。讀書必須付出時間，若能得到與那本書的價格和閱讀時間相符的知識，整體而言就已物超所值，但也不能說是毫無損失，所以為了能夠多賺一點，我都會敞開心胸來閱讀。

15 | 100

瞭解「水如何生成」是極為重要的課題。

我讀歷史書通常會跳過專有名詞。即使我叫不出人名或國名，我仍會努力記住世界史與本國史的脈絡，因為脈絡是值得記憶的。就像物理和化學，我雖然不清楚詳細的數值，不知道發現者的名字，也講不出物質名詞，但是我可以掌握大致的情況。當然語言也是，我能看懂大多數的漢字，雖然有許多我不會寫，但卻鮮少有讀不懂的。反正想知道細節時，隨時查字典或上網就好。「既然查了就會知道，就沒有必要記起來」，這是我的一貫策略。

例如水是氫與氧生成的，記住這項知識固然重要，但忘了氫與氧這些專有名詞，也沒什麼大礙。重要的是——瞭解水是由兩個不同的原子所構成的「分子」，而不是單一的「原子」（至於原子和分子的確切名詞是什麼也不重要）。

上述知識對我而言隨時用得到，因此自然比記住織田信長、德川家康的名字還來的重要。如果有人告訴我，記這些化學式對人生沒有幫助，我會告訴他：織田信長與我才是八竿子打不著呢！

接著我想談的是，所有人都該學習能量守恆定律，包括學習歷史與經濟的人。若不知道這定律，就不能談論地球環境，無法捕捉到社會真實的發展現況。

原子基本上是永恆存在的，只要沒有大規模的能量轉換（例如核分裂），存在於地球上的物質總量就不會改變，變的只是組合方式。好比說，當人類增加，某些東西就會減少，因為一個人必須吃下好幾頭動物、吞下好幾公頃土地所栽種的農作物。而那些動物也必須吃農作物，農作物又要吸收地表與空氣中的物質才能生長。然而，這些循環並非永續，因為永續不可能存在，世上所有的一切都是消耗太陽的能量來運轉的。

以現階段的技術而言，核子動力還不成熟，甚至很危險，但是除卻核能技術，人類還能再生存幾百年嗎？我不這麼認為。

16 | 100

不是自豪，但像我這樣健忘的人還真找不出第二個。

我這個人可以立刻忘記所有事情。不是因為想不起來，而是因為它們都從腦袋裡暫時消失了（也可以說是忘得一乾二淨了）。

例如當我寫好小說，用電子郵件寄給出版社，編輯再回信給我時，我會一頭霧水：「咦？怎麼突然寫信給我？」打開郵件，才想起我把稿子送出去了，不過，我一樣想不起來究竟寄了哪部作品。這種情形對我而言可說是家常便飯。

就連我在創作作品時，都會臨時忘了自己在寫什麼，我一定要盯著銀幕，才會想起目前的進度。

小時候我覺得這很普通，還以為大家或多或少都會這樣。一直到現在為止，我也很少向別人提起這件事，因為我怕一坦白，大家會嘲笑我的頭腦奇差無比。

因為記性差，所以我的注意力很快就會被下個目標吸引，使我難以專注在同一件事物上。不過有時我也會遇到勾起我興趣的問題，此時我又會把其它所有事情拋諸腦後，專心面對它。其實這樣很危險，因為我會廢寢忘食，我必須想起自己還得維持生理機能。

我擅長模模糊糊地記事情，而無法精準記憶，所以我背不了專有名詞，人名也只能有個朦朧的印象，害我經常弄錯。我一直認為，只要把不能忘記的事情寫成筆記就好了，可是這下子我又會忘記筆記放在哪裡，甚至忘了自己寫過筆記，所以最後仍是白忙一場。

為了讓自己記住，我開始幫每個單字創造故事，創造原因，創造道理，然後再藉由故事、原因、道理，為自己鋪設一條便於記憶的路。因為不知道為什麼，我雖記不住單字，卻能記住故事、原因和道理。影像又更容易記住了，所以我會把它們轉換成影像來記憶。

我非常喜歡讀歷史書，不論西洋史、東洋史、日本史，都讀了不少。可是，閱讀時一旦遇到專有名詞，我就會自動略過，反正我記不住，所以乾脆不要浪費腦容量。因此，我無法把這些東西化為知識與人分享，我說不出具體的「人、時、地、物」，我只知道「為什麼」、「發生了什麼事」，就連該事件被稱為「什麼」事件，我的腦袋也是一片空白。

17 | 100

為何我們很少使用「演繹」這個詞彙？

很多人不曉得「演繹」這個詞彙，也不知道它唸作「一ㄢˇ 一ˋ」。我們平日或許沒什麼機會接觸這個字，但其實世界上所有的邏輯、理論、道理，都可以稱作演繹。大概是因為習慣了吧，所以我們總是說「邏輯上」而不說「演繹上」，導致這個詞彙總無用武之地。

與演繹相反的詞彙是「歸納」，由於學校教過「數學歸納法」，所以大家都認識這個字，不過儘管知道詞彙，能夠說明歸納是什麼意思的人卻少之又少。

什麼是數學歸納法呢？就是當1成立、n也成立，最終表示n+1也成立時，則證明所有的自然數都成立。這要解釋起來比較複雜，所以下面簡單說明：若第一個人喊「1」，然後任何人都比前一個人喊的數字再多喊1，那麼所有人就能完成點名。

在這個證明式之中，究竟哪裡用到了「歸納」呢？歸納就是觀察各個樣本，從中找出共同的規則，再證明該規則符合母體。不過一般而言這僅限於推論，無法光靠樣本就證明符合母體，但由於參數是規則排序的，使得前面提到的數學歸納法得以成立。

演繹則與此相反，它的方法是先得知規則前提，再來推論個別事物，若一開始的前提絕對成立，通稱「定律」，那麼它就不僅僅是推論，而是一定能成立的證明式。例如，當我們得知「住在這條街上的都是老人」，那麼A住在這條街上，A就是老人。可是，若換成「日本人愛泡溫泉」，那麼身為日本人的B到底喜不喜歡泡溫泉，就無從得知了，因為這個例子的前提只能算推論，不如定律精確。

在日常對話中，我們經常只憑著推論就把話說得斬釘截鐵，推理小說中的偵探，也總愛把單純的推論說成「邏輯推理」。因此，我認為多數人只能曖昧地捕捉所謂的邏輯，而不擅長操作它，自然而然就沒有機會使用「演繹」這個基本詞彙了。

18 | 100

即使逆向思考，邏輯引導出的結果仍會一致。

我讀幼稚園的時候特別喜歡在沙坑挖隧道，總是想把隧道挖得愈長愈好，可是要挖出手臂以上的長度可不是件容易的事。就理論而言，我應該可以挖出手臂的兩倍長，可是卻行不通，就算我從兩邊分別挖，也無法和另一邊已經挖好的隧道連貫。相信有經驗的人就會懂我在說什麼。（啊？沒有經驗？）

一般而言，馬路和鐵路的隧道都是從兩側同時開挖的，而且總是能在中間連通，因為這是成人的工作，不，應該說是專家的工作。專家會透過測量再進行挖掘，我們可能會以為那沒什麼，但只要是有施工經驗的人，就會對如此奇蹟般的精準度感到佩服。別說短隧道了，就連挖幾十公里都沒問題，實在巧奪天工。

施工時，若要切割的東西比鋸子或鑽子大上許多，從單一方向將很難直接切穿到另一頭，有時會卡住而無法切得更深，此時就只能先切到中間，把要切的材料反過來，再從反方向開始切。這樣雖然能切穿，但即使已經小心翼翼地筆直切入，切面卻總會微微地錯開，在交會處形成落差。我老早就放棄這項技術了，所以我會事先評估，盡量切深一點，再用銼刀磨平。就像這樣，以現實而言，從兩端前進再到中間相遇，是非常困難的技巧。

不過，在理論的領域卻並非如此，即使是從完全不同的面向切入來解決問題，只要依循正確的理論前進，就一定會在某一點相會。與其說是理論，更像計算，如同數學或數位，好比以下這個例子。

我曾經研究過流體力學，並且改良了某種方法，讓流體中混雜著固體時，也能被計算。在完全不同的領域，某位美國學者研發了分析岩石碎裂模樣的方法，並找出讓碎裂的岩石內充滿液體也能計算的方式。我的計算是以流體為要素，固體為節點，他的計算則是以固體為要素，在節點增加流體性質。截然不同的領域，迥異的計算方法，卻是殊途同歸。

19 | 100

在現代社會，沒有道理的事物才是新奇的。

我認為過去這幾十年來，社會對於「追根究柢」已經過度氾濫了。或許是因為社會資訊化，迫使大家盲目「求知」，而提供資訊的媒體為了滿足需求，又拋出更多資訊，才形成了這種結果吧？

「所有一切皆有其道理」的想法源自於科學的發達。畢竟以往我們不熟悉的事物逐一被解開，那些過去歸咎於神領域或精神世界的現象，現在也都有了科學的解釋。

人們藉由得知「道理」來感到安心。可是仔細一想，所謂「道理」，也不過是幾串話，將這些話囫圇吞棗，真的就瞭解「道理」了嗎？事實上，我們應該追求的是「道理」的道理，也就是「道理」的前因後果。但我們通常不會探究到這層。就像我們只看到腳邊有地面就放心了，而不管地底下還有些什麼。

而娛樂媒體的世界總是充斥著各式各樣的「熱賣公式」。人們慣於分析過去當紅的作品，找出什麼因素會讓人感動，是親情、愛情，還是寵物失去主人，抑或是突破難解的困境。創作者勢必得找出這些「道理」，否則作品就會被市場淘汰。拆解出「道理」後，「公式」因應而生，大家便靠著那幾招依樣畫葫蘆。

電視劇和電影總是特別執著於某些招數，因為不這麼做，就無法吸引贊助商。所以，人們會為戲劇設定好幾種「公式」，例如以小孩為主軸，描述親子間的羈絆；或是描述遭遇困境卻永不退縮的人們。於是這些作品永遠了無新意，每部都像同一個模子打出來的，漸趨樣板化，俗稱「老調重彈」，現代話則是「老梗」。

若不探討某些社會議題，就無法得獎；沒有話題性，就不會暢銷。而如果因為缺乏「道理」作為背景，就捏造事實，硬是搭上最近的社會議題，或是刻意打出「悲情牌」，這些都被解釋為「手段」。

人們之所以老是做出無聊的東西，就是因為誤以為有趣、精彩的事物一定有道理。其實，想創造有趣的作品，只要讓它有趣就行了，死守著這些公式，制定一堆老梗，又哪裡會有趣呢？就算偶爾行得通，實際上卻毫無新意，不過就是個中規中矩、剛好「對觀眾胃口」的作品罷了。

反過來看，沒有道理的新事物，才更應該有受歡迎的道理。

20 | 100

我們應該思考追求意義是否毫無意義。

人類在觀察某種現象時，喜歡思考它產生的原因，這可以說是一種癖好，或者說是一種慾望。因此，人類創造出了邏輯推論，繼而發展出哲學、科學，甚至宗教。

在相同的條件下，只要原因與理由都很明確，人們就能預測出未來將產生同樣的結果。知道這些結果是有好處的，所以大家無不絞盡腦汁地思考，做出各種嘗試與調查。

可是，就連沒有益處的現象，人類想探究其原因的慾望仍然居高不下。即使欠缺完整的邏輯，即使不具備重現性，人們一樣渴望在當下獲得一個「心服口服」的答案。

這意味著就連不必訴諸語言、不該勉強表達的事物，人們都會強制歸納出「道理」。大概是因為若不這麼做，人們就無法為其貼上標籤，不知道該歸檔到哪個資料夾吧！

例如，警察逼問犯了滔天大罪的歹徒為何犯案，並等著聽他親口陳述，結果對方講出了大逆不道的話，警察怒不可遏，喝斥：「你說什麼！」然後繼續逼問：「到底為什麼？從實招來。」

其實，「意義」這個詞彙本身就很複雜，我們很難簡單明瞭地定義它。相較之下，「沒有意義」這句話就好用多了，它意味著「這件事物沒有存在的道理」。可若是這樣，只要說「沒有道理」不就行了嗎？為什麼要說「沒有意義」呢？這樣的用法幾乎宣告了整件事情都是「徒勞無功」，不是嗎？

就連小說，人們也經常批評「這部作品雖然有趣，但是沒有意義。」這代表讀者的目的之一是向這部小說尋求某種價值。但我認為一切都有意義，若沒有，讀者應該早就扔開丟一旁了。會說出「作品沒有意義」這句話的人，應該是發現該小說沒有「文以載道」，才覺得即使讀了也「毫無收穫」吧！

「做有意義的事」總是讓人感到積極正向，但其實，我更憧憬的是「多做沒意義的事」。

21 | 100

有太多事物在組合之後會截然不同。

我討厭吃栗子蛋糕，也不吃蒙布朗（以栗子為主原料的法式甜點），如果蛋糕或點心裡放了栗子，我就會把栗子挑出來請人吃，看過我這麼做的人，一旦發現我直接吃栗子，都會非常驚訝地說：「咦？你敢吃栗子啦？」

我討厭把栗子弄得甜甜的，也討厭栗子餡，不過紅豆餡就不討厭。反過來看，我很喜歡草莓和巧克力口味的東西，也經常吃橙橘巧克力，但卻極少直接吃草莓和橘子，大概幾年只會吃一次。

像這樣把不同的東西組合起來，改變原本性質的現象，其實非常普遍。有了這樣的認知，自然就會知道——「複合品失敗，代表原料也失敗」是錯誤的判斷。

以食品來看，將材料互相組合，使其變成介於兩者之間的口味，其實並不困難。可是若將金屬混合起來製成合金，A與B合金的性質卻一定不會在A與B的中間，比較常見的例子就是銲錫，將錫與鉛混合後，成品的熔點一定比原本的兩種金屬的熔點都低。其實料理也一樣，菜餚不可能有所謂的中間值口味，食材與調味料間的融合是更複雜、更深奧的。

小說亦然，作者將各式各樣的要素組合起來寫成故事，然而，讀者卻喜歡從中挑出原本的要素，並因為那些要素而深感有趣。這就像是對著一盤美味的料理，分析「裡面放了我最愛的南瓜，所以很好吃」一樣。如果真是這樣，那幾乎所有的料理都只要適量地撒點鹽就很美味了。

不論汽車、火車、飛機，我都會看過整體的規格，才判斷是否帥氣、是否喜歡，而非針對某種顏色，或是某個零件。我想，像這樣以整體來評價才能稱為審美。所以當別人問我「什麼好」、「哪裡好」，其實我回答不出來，因為好的是整體的組合，我會把整個物品當作一個完整個體來評斷，而這樣的判斷，正好是電腦最不擅長的。

有時我也會硬要分析自己，例如「我喜歡直接吃栗子」，可是也是有人只要加了栗子就樣樣都好，我想那就叫做「偏好」。相較之下，我之所以說自己「對任何事物都不偏好」，理由就呼之欲出了。

22 | 100

就現實面而言，無法順利進行一定有原因。

我們有時會不斷在同一個地方失敗，然後反覆嘗試、再接再厲，並希望自己能逐漸突破困境，其實，這樣的努力不過是一種「期待偶然」的行為罷了。

會反覆失敗，一定有確切的原因，所以此時應該先冷靜下來，找出關鍵，或稍微繞遠路，用別種方法試試看，才更容易成功。

一旦成功，我們通常會以為自己所向披靡了，其實那很可能只是運氣好所引發的奇蹟。人類喜歡順著對自己有利的方向思考，所以一成功，就將成果歸功於自己的能力，失敗時則歸咎於偶然。其實，絕大多數的情況下，兩者是相反的。

例如：十次中有九次成功，只有一次失敗，我們通常不會分析那一次的失敗，而只會覺得再做一次就行了。結果實際做了之後，發現又失敗了，接著又把它當作偶然，像這樣的失敗一旦累積起來，成功率就下滑了，原本有九成的成功率，失敗第二次，就剩下八成，再失敗幾次，就離成功愈來愈遠。一開始若沒有除去微小的失敗因素，就很可能釀成災禍，像核電廠爆炸就能套用這個道理。

把核電廠事故當作偶然的意外來處理，其實並沒有錯，然而這樣的處置，只會使失敗一再上演。我們應該事先準備，讓意外發生時不釀成災禍，才是成功之道。

這些細微的危險，平常並不會浮出檯面，大概每十次只有一次會冒出頭來，所以我們常以為成功個兩、三次就萬無一失了。照這樣的邏輯來看，偶爾失敗一次反倒很幸運，因為我們終於遇到了剷除失敗因素的機會。

失敗時，除了擬定「不要再失敗」的方法以外，還有一個更重要的策略，那就是——再次失敗時該如何處置。如果前者策略完美，失敗或許就再也不會出現，可是我們無法肯定那些方法是否完美無缺。因為準確率下滑，也有可能是由其它因素所引起的。因此，失敗發生時，一定要事先擬定讓傷害降到最小的配套措施。

與其如履薄冰，不如想想看要是冰破了該怎麼辦。

23 | 100

「完成」就是不斷地回收並累積失敗經驗。

做任何事情都有可能失敗，不可能凡事都能按照計畫順利進行。或許是因為我丟三落四、笨手笨腳、注意力渙散、冒冒失失、好高騖遠、三心兩意，可是我觀察周遭的人後，發現即使大家不像我這樣，也經常失敗，反而我犯的錯誤比較輕微，往往可以挽救。一個細心的人，雖然不會犯小錯誤，卻容易釀出難以挽回的大錯。有時我會迷信地猜想，說不定就是要把小錯誤當作祭品犧牲，才不會招致大災難。

套用到人際關係也一樣，日常生活中多拌嘴，才不會突然吵得不可開交，畢竟嚴重的感情失和，大多源自於平日的過度縱容。但若將害怕大吵當作藉口，三不五時發牢騷刺傷對方，這樣的行為同樣值得商榷，不過就結果來看，平日多拌嘴的確可以避免感情破裂。

就我的經驗而言，一個案子能順利進行，關鍵在於應對接連產生的突發狀況。面對排山倒海而來的問題，要能對症下藥，讓一切步上原先的軌道，這樣的表現才是所謂的「計畫順利」。

在我的人生中，從來沒有任何事情可以按照自己的想法順利進行，這件事我可以拍胸脯保證，從來沒有。有人質疑過我：「一定是因為你很頑固，都不退讓。」而我的回答是：「我的人生其實就是經過一連串的退讓，先轉個彎、退幾步、委屈一下，一路跌跌撞撞才成了現在的模樣。」

就連我做來當興趣的火車模型也一樣，沒有任何一輛火車令我稱心如意，我面臨的是一連串失敗，以及如何善後，最後呈現在我眼前的總是一輛輛傷痕累累的作品。但因為這是我的興趣，所以我沒有設定期限，可以一鼓作氣從頭來過，甚至反覆做好幾次，直到我滿意為止。當然，這些作品離完美還有一大段距離，畢竟我有自己無法突破的盲點與界線。

可是若當作工作，我就會以期限內完成為優先，即使慘不忍睹，即使到處都有修改的痕跡，更可能連基礎都是歪的。所以我總是不想稱呼這些東西為「成品」。

可是啊，即使是這樣破破爛爛的成品，有了一些經驗後再回頭看，仍會發自內心感慨：「唉呀！比起不做，做了總是比較好。」真是不可思議。

24 | 100

「別煩惱，盡力就好」是消極的態度。

「別煩惱，往前衝就對了。」是青春校園劇常有的台詞，但我希望大家可以多仔細思考一下。煩惱，其實是對失敗的反省，檢討自己為什麼會失敗，「明明已經很小心了，問題出在哪裡？」「到底是什麼環節出錯了？」像這樣責備自己，把目光放向遠方，其實是很「積極」的態度。

相反的，把失敗忘得一乾二淨，將煩惱束之高閣，只知道「相信自己」、「做自己」，而不願檢討、不思改進，套用和至今為止相同的方法，這很明顯是「逃避」，是一種鴕鳥心態。

運動選手很喜歡用「我只是比了一場屬於自己的比賽」的說法，有時也會說「如果我已經比了一場自己的比賽卻還是輸了，那也只能甘拜下風。」我並不打算多談比賽，我想說的是，不論棒球或足球，相同結構的發言其實一再出現。足球員會說「我們只要踢好屬於自己的球」，輸的時候則說「我們沒有踢出自己應有的球風」，可見「自己應有的球風」，顯然與「我們獲得了勝利」畫上了等號。

人們也常說「我要使盡自己的全力」，但若使出渾身解數還是失敗，問題就出在「策略」或「方法」了，畢竟一般而言，雙方在比賽時都會全力以赴。

回到「煩惱」這句話，它意味著「過度在意，所以綁手綁腳」，如果一直蹉跎下去，的確無法往前行。但是我們應該辨別清楚什麼是「過度在意」，什麼是「非在意不可」。若是失敗的原因，那就非在意不可了。

我是個非常健忘的人，例如：我明明應該每個月透過網路，把銀行存摺的紀錄寫下來，卻經常忘記，但我認為這是銀行系統只能紀錄前一個月的帳目所惹的禍（順帶一提，是三菱東京銀行）。可是要我把所有帳款都轉移到其它銀行，我又嫌麻煩，只好照做。所以，我會在行事曆的每月一號寫下「記帳」，但是往往到了下個月，我又會發現「糟了，上個月忘記記帳！」接著開始煩惱，所以我經常被老婆大人（刻意用敬稱）鄙視。

不過，正因為有這一連串的懊惱與衝擊，我才能認識自己，告訴自己皮要繃緊，然後再度出發。

資訊和廣告是否不同？

以前新聞曾經報導過瑞可利[3]董事長去世的新聞，某節目便邀請名嘴，針對這件時事進行評論。關於那個節目的名稱、社長的大名以及名嘴的稱呼，我統統不知道，我只是偶爾經過客廳，發現家人正在看電視，停下腳步稍微看了約十五秒而已。

那位名嘴正在討論瑞可利前社長說的「資訊等同於廣告」這句話。從名嘴的角度來看，他認為資訊與廣告明顯不同，因此無法認同前社長的觀點而批評他。當然，說批評是有點太武斷了，這種評論比較像是「他沒聽懂前社長真正想說的話」。

其實，當我聽了這句話，我覺得前社長實在很了不起。「資訊與廣告基本上並無不同」的想法不但前衛，更是超越時代的卓見。是啊！所以瑞可利這間公司才會發跡，儘管瑞可利事件[4]的確曾被社會撻伐，但我們就別談這件事了，我想針對「資訊與廣告無差別」這句話，書寫我的感想。

當然，資訊這個詞彙的意義非常廣泛，其中的廣告意義在科學領域更是罕見，例如當我們在談論遺傳因子ＤＮＡ時，相信所有人都會知道其中並不帶有廣告意含。

而這位社長所說的「資訊」，並不專指科學領域，而是指流竄在社會上的訊息或是「報導」，這麼一來，資訊與廣告的確就難以區別了。我完全認同這點，雖然兩者的詞彙並不一致，但是看看實際的情況，的確很難找出一條明確的界線。既然無法區別，那就是相同的。

舉例說明，當我看見自家庭院裡的櫻花盛開，我便告訴鄰居「櫻花開了」。原本我只打算提供一個資訊，結果鄰居卻接收成「要來賞櫻」的廣告。若我解釋「不不，我沒有叫你們一定要來看。」對方大概會回我「那你一開始幹嘛講。」這聽起來很像一群脾氣暴躁的人在對話，但人們心中其實或多或少都會有這樣的抱怨。

廣告無孔不入，若要排除廣告，就得花錢。主張「資訊免費」的人，其實早在不知不覺中，成了大型廣告的移動看板。

3——Recruit Holdings，日本的廣告、出版、網路、人力資源公司。成立於一九六三年。

4——一九八八年，瑞可利公司會長江副浩正，向政界贈送其不動產子公司的賄賂醜聞案。

26 | 100

媒體追求的不過是引發大型社會風潮的夢。

媒體最大的任務是傳遞世界上發生的事情，可是，即使媒體具備「傳達真相」的使命感，其運作仍需要成本與勞力，加上閱聽人總以為免費是理所當然的，因此媒體只好往其它途徑尋找收入。這樣的結構一開始就扭曲了，不過我認為，在八竿子打不著關係的地方插入廣告，然後對這見怪不怪的人，也很奇怪。例如電車上或風景名勝景點，總有廣告混雜其中。我認為媒體最好重新思考這樣的模式是否合宜，因為那不但不美觀，還令人生厭，效果鐵定不好。

媒體似乎抱持著一股幻想，他們喜歡將目標放在製造「這股風潮由我引起」的夢境，而這正是他們的動力之一。觀察全世界的趨勢，不難發現所謂流行，都是經由媒體大肆報導而形成的，「是我們的力量推動了這股風潮，是我們動員了社會大眾」，這就是媒體所希望得到的回饋。

所以，媒體大幅報導反對核能的市民運動，試圖讓反核成為社會主流，他們大概以為自己在伸張正義吧！政治人物則趁勢而上，高歌反核參選，可是，將鍋蓋掀開一看，其實國民的反應比想像中冷靜，大部分的人並未隨之起舞。於是，大家便又開始探討近年來媒體的影響力不如以往，政治人物無法反應民意。

若從不看新聞也不讀報紙的中立人士角度來看（例如我就是），上述情況其實並不值得大驚小怪，那些空穴來風的傳聞，根本沒有人會相信，我會選擇和自己身邊的人討論，或透過獨立思考來捕捉社會訊息，而不會讓這股腥風吹到身上來。愈來愈多人選擇遠離煽情的媒體就是佐證，並不是人人都那麼愚蠢。

以往，媒體確實能動員大眾，只要一些芝麻綠豆的報導，就能在社會上形成極大的波瀾，引發潮流與騷動。進入網路社會後，資訊的傳遞更四通八達了，只要一點風吹草動就會引起批鬥，甚至形成恐慌，這樣的過敏狀況著實令人憂心，但相反地，大眾也比前更難動員了。人們發現他們不知道該相信哪些資訊，於是更在意一些自己感興趣的小訊息，我認為這是一種和平的展現。如果太多人容易被媒體煽動，代表那不是一個成熟社會，很慶幸日本並非如此。

27 | 100

最先起頭的人，其實根本不打算「親自動手」。

有時社會上會突然爆發某種流行，這些流行向來與我無緣，但我的老婆大人（刻意用敬稱）卻非常敏銳，她總是竭盡所能讓自己趕上流行。

例如大量吃番茄能瘦身，食用納豆能減重，當這些說法（我不用流言這個字）流行開來，隔天去超市一看，蕃茄和納豆就統統都賣完了。

這些流行究竟是誰先起的頭呢？不是電視台，因為電視台並沒有能掌握這些情報的嗅覺，而且就算這些東西爆紅，電視台也賺不了錢，所以，一定是某人帶去電視台推銷的。而那個人可以透過流行來獲得利益，因此他肯定進行了某種投資。對電視台而言，這麼做則可能延長贊助商的協助。

不過，並非所有的流行都是由某人起頭的，有時也是自然發生的，例如海浪，一開始只有微風讓海面產生波紋，等到波紋愈積愈多，與風的頻率共振，便形成大浪。

一開始的浪是偶然形成的，這種亂數發生的現象並不平穩，會不時搖晃。有些人發現了這些微弱的波浪，乘浪而起，於是成了領頭羊。而這最先發現波浪的人，其實並不打算親自操作，他所做的只是「發現」。

當他判斷「這行得通」後，比起親自站上浪尖，他會選擇釋出更多能量（也就是金錢）讓波浪愈滾愈大，以人工的方式來製造浪潮。只要成功，就能獲得龐大的收益，注入的能量愈多，波浪就愈大，利益自然源源不絕。不過，到底能不能回收釋出的能量，就是另一個問題了。

媒體其實就是被這些人利用的媒介，不過即使被利用，若能產生利益，倒也不是壞事。然而，由於這樣的模式不斷重複，因此現在的媒體幾乎等同於廣告產業了，民眾也愈來愈跟不上這一套，畢竟浪實在太多了，不曉得到底該站上那一道海浪，而且有太多時候即使站上去了，最後也一無所獲，因此現在的流行熱度很難撐過一週。

話又說回來，我很懷疑吃那麼多番茄，難道不會拉肚子嗎？

28 | 100

觀察大自然比觀察人工事物更能有自己的體會。

當我要尋找小說或散文的題材時，我會以觀察狗來取代看電視，這樣我才能和更有趣的靈感相遇。同樣的，我會選擇觀察大自然來代替讀書，如此學到的知識會更豐富。不過，我所提到的靈感、知識，與普羅大眾所想的或許不太一樣。因為我認為事物的價值就在於「新穎」，凡事要有創意，才有價值。

一般人追求的寫作題材，其實並不脫離大家所知道的範疇，作家渴望的是找出那些大家共同的經驗，然後分享出去。而普通人對於知識的態度，也停留於為了考試取得好成績，或是被人稱讚博學多聞。

現在的我偶爾會寫寫文章，消費新奇事物來換取金錢（也就是寫作），但在當上作家前，我這麼做其實並沒有任何酬勞。儘管如此，我所擁有題材與知識，不但可以讓人們驚喜，還能幫助我發現自己與他人不同的價值，因此對我而言，這樣不但不虧本，還很划算，於是我養成了持續寫作的習慣。當上作家後，我的寫作靈感從未枯竭，我不必刻意尋找題材，也不會為了獲得某些知識而實地探訪，我只書寫身邊的觀察與趣聞，除此之外一概不提。

強行吸收而來的題材與知識，無非是他人的創作，就像人工產物一樣，如果用這些人工題材寫作，作品一定會扭捏造作。相較之下，大自然是渾然天成的，只以自然的材料書寫，成品就會天然而新鮮。

現代人很少有機會接觸大自然，尤其住在都市裡的人，幾乎觸目所及都是人工物品，即使想觀察大自然，也只是看他人拍攝的照片或影片，而非從自身的角度出發，而那已經不能稱作大自然了。人們無法實際接觸照片與影片中的事物，對於大自然的髒汙、臭味也一概不知。大家只會抱持著對戶外的美好幻想，不時被旅行社規劃的行程綁架。

其實不必出國跑個大老遠，只要露營，讓自己投入大自然幾天，便能學會許多豐富的知識，我們甚至會懷疑，以前怎會錯過如此大好良機。其實，讓我們學會豐富知識的，不是大自然的力量，而是人類與生俱來的自然力量。

第 3 幕

平衡理性，仔細觀察

情感

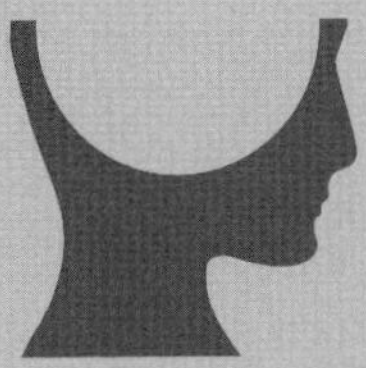

29 | 100

當一個模糊不清的人。

人們喜歡嘮叨他人「說清楚、講明白」，尤其上司或長輩在斥責下屬及晚輩的時候，特別愛用這句話，聽起來就像是在指責「言語含糊」或「不明不白」的態度非常差勁。

其實，並非所有情況都是如此。有時上司和長輩只是想聽原因，有時是因為該時間點一定得下決策，並不一定在指責態度問題。但絕大多數人仍將其理解為對於態度的指控。

例如當小孩吵鬧大哭時，即使孩子沒有明確的理由，大人仍會教訓小孩的態度，要小孩說出原因，知道原由後，才點點頭：「什麼啊，原來是這樣。」然而實際上哪有那麼單純呢？要把原因單一化是很困難的，更何況是訴諸語言。再者，對於年紀尚幼的孩子而言，「把原因說清楚」，無非是強人所難。

許多民眾在重大事故發生後，因為擔心再度發生類似的事件，都會希望該單位能徹底追查，以免悲劇重演。可是，即使是專家，也不能百分之百拍胸脯保證，他們只能說「我們已經維修過了，應該會比之前更安全」，不過媒體可不會放過他們。

除非是數學，否則沒人能保證正確解答，大家其實也知道在現實世界中追求正確解答，無非緣木求魚，所以才有「機率」一詞，儘管如此，還是有許多人要求「清清楚楚」。

難道，人的好惡與人格特質，真的能夠被摸得一清二楚嗎？我認為，一個清楚好懂的人，其實意味著他很「膚淺」。換句話說，就是「清楚好懂的人，是很愚昧的」。

就像我們會形容人有「深度」一樣，有魅力、值得尊敬、厲害的人，內涵都是難以斗量的。在現實中，我們也很難清楚界定事物的本質。正因為我們無法輕而易舉地判斷一件事情，才有了「深度」；相反地，冥頑不靈、不知變通則很「膚淺」。

因此，我們應該隨時提醒自己成為一個模糊不清的人，畢竟周遭總是施加壓力要我們想清楚，那麼這一點點反抗力度反而恰到好處。當然，這指的不是讓自己「懵懵懂懂」，而是「不要輕易下決定」。

30 | 100

被他人情緒性的評價影響，會大大失去自由。

我常在亞馬遜購物網站買東西，上面會有各種商品的評價。如果要買的物品是冰箱或吸塵器，那麼大致瀏覽一下評價往往很有幫助，因為那些是實用性工具而非個人興趣，每個人使用它的目的都是相同的。我自己在買這些工具性商品時，也會參考評價。

可是若要買果汁，參考他人的評價就沒什麼意義了，因為每個人都知道：自己喜歡的跟別人喜歡的未必相同。

像我在買書或DVD的時候，就經常發現別人評價不高的，反而很對我的胃口，因為我的喜好和他人並不相同。

比起果汁，書籍或DVD更強調個人的興趣與觀感，所以我認為它們並不適合被評價。但我也知道，大肆推廣自己所愛的，並希望別人避開自己踩過的地雷，是人之常情，但這其實是一種「多管閒事」。不過有些人也會將這些評價視為情緒不滿的出口，所以我不會反對到希望「評價制度消失」。

問題在於被這些評價所左右的人，我想信有許多人，原本打算買一項物品，也將其放入購物車了，卻因為看了網路陌生人的評價而打退堂鼓。這其實是一種悲哀，對原本想買東西卻放棄的人而言，是一種不幸。相反地，因為大家讚不絕口而購買東西的人，就少得多了，因為那些評價根本沒有機會出現在原本不打算買那項東西的人眼前，頂多推了猶豫不決的人一把而已。

至於汽車就比較曖昧了，人們會想知道它的性能如何，就像打聽家電和工具的效果一樣，可是車子的造型又是個人興趣……真要比起來，我會以後者為買車標準，因此這時我就不太參考他人的評價。

關於我的小說書評，許多人會寫「若沒讀過前作，樂趣會減半」，但其實沒看那則書評，而直接讀了我的作品，趣味反而會加倍。寫下這些書評的人，認為自己是因為讀過前作才覺得有趣，但其實讀過前作，反而會錯過更有趣的部分。這就好比與人相逢，我們出社會後都是突然認識他人的，難道不知道對方過去的底細，我們就無法欣賞人了嗎？

31 | 100

不是「不要感情用事」，而是「不要讓感情蒙蔽了觀察」。

一般而言我們會把「感情用事」歸類於負面情緒，我們習慣教訓他人「你只是一時感情衝動」，而不會勸人「你應該感情用事一點」，我們總是戒慎恐懼，擔心自己失去理性的判斷力。

但我認為流於感情用事並沒有什麼不好，或許是因為我的思維比較特殊，不論我再生氣、再悲傷，都有種置身事外的感覺；感情再豐沛，我也不會失去理性，有時我甚至懷疑大概是自己的腦袋結構易於常人。

其實在普遍情況下，即使情感凌駕一切，也不代表其它的知覺都停擺了。觀察他人後，我更確信這樣的現象其來有自。

在我看來，與其說是感情用事導致判斷錯誤，倒不如說是因為被情緒蒙蔽而忘了觀察，這才是問題所在。其實人不論如何被感情沖昏頭，都會衡量對自己是利是弊，這點是不會錯的，可是判斷利弊得失的資訊，卻會因為感情用事而無法正確輸入大腦。

例如當我們討厭一個人，自然不會聽他說話，這代表我們被討厭的情緒蒙蔽了觀察，使我們喪失了敏銳度。如此萬萬不可，要知道許多人就是栽在這點上。

反過來看，如果對方親切地釋出善意，讓我們喜歡上他，我們便容易受騙，即使事後回想，發現充滿謊言，當下仍然選擇相信，這就是感情阻斷了觀察的活生生例子。

有時我們並不承認這是一種「感情」，而會以「我跟他磁場不合」等理論來證明、說服自己。我們會分析自己為何討厭他，並告訴自己是基於理性的判斷，而非感情用事。可是，仔細回想起來，難道這些就不是感情嗎？我們注意到對方似乎在攻擊我們，所以生氣，所以厭惡，接著我們編派理由，想辦法閃躲、防禦，其實這正是一種「以理論作為武裝的情感」，說到底還是感情用事。

下次又遇到類似的困境時，不妨勸勸自己「試著放輕鬆，讓自己更加感情用事一些」。

32 ｜ 100

在可以選擇喜歡或討厭的時代，只要討厭就能逃避。

在我小時候，如果大家討厭一件事情，會說「我不擅長」，而不會直截了當地說「我很討厭」，因為「討厭」並非常態，我們只能以虧欠的心情說自己「不擅長」。即使有討厭吃的東西，也要逼自己吃下肚，儘管沒辦法像大家一樣吃得津津有味，也只能多花點時間，把東西一點一點地吃完。

當時漫畫的主角幾乎都笨手笨腳的，不論是《小鬼Q太郎》或《哆啦A夢》，主角一碰到不擅長的事物，第一個想到的就是落荒而逃，然後被周圍的同學嘲笑，而且也不會有人幫他說話，因為不擅長是他自己的錯。

在這數十年間，社會大幅轉變了。現在的小孩面對討厭的食物，可以盡情挑食，只要說「我討厭」，大人就會幫他過濾，只要有不想做的事情，說「討厭」就可以逃避，反而大人還得絞盡腦汁地讓孩子去「喜歡」。

為什麼會變成這樣呢？我沒有詳細探究真正的原因，但第一個浮現在我腦海的是——社會變富足了。因為富足，我們開始有資格選擇好惡，只要說聲喜歡，就能隨心所欲，說句討厭，就能將其排除。我們依然活得很好，不會因此讓誰傷透腦筋。在糧食不足的時代，根本沒有人敢說「我不喜歡，所以我不要吃」，我想大家一定能瞭解箇中差異。

小孩發現只要說「討厭」，就能把事物排除，許多人就這麼一路長大成人。因此現代人在討論未來政壇該由誰掌舵時，甚至會把「那個政治人物的長相很討厭」當作「意見」來陳述。這可不是誇示法，就連「我討厭強國」這樣理由也能被無限上綱。討厭核能發電、厭惡消費稅、唾棄官僚、鄙視執政黨、嫌棄在野黨，這些全都化為意見。明明意見不是用來討論好惡的，卻成了這副德性。

我年輕的時候，每個日本人都說「討厭戰爭」，其實我們討厭的是「打仗的日本」，我們同樣「厭惡自衛隊」、「排斥參戰的美國」，但現在討厭的意思已經變調了。

喜歡替所有事物區分好惡的人，在我看來全都是「危險份子」。

33 | 100

如果「共鳴」那麼重要，就讓自己擁有一顆容易感動的心。

有些人喜歡用「無法產生共鳴」來否定那些無法引起他興趣的事物。其實，「沒有共鳴」只是因為心的共振頻率與音源頻率不合而已。當我們擁有一顆柔軟、感性的心，能接收的頻率範圍自然會變廣。

有一種物理常數叫做「自然週期」，這個週期會依照結構與材質的不同，產生出最容易振動的狀態，工程師在設計建築物時，往往會避開地震的振動週期，飛機也會針對頻率調整，讓機翼與舵不要引起共振而抖動。

人的心其實也有自然週期，這些週期會依照人們過去的經驗而定，因此每個人都有容易感動的罩門。只要戳中罩門，心就會共鳴，若沒戳中，就不會振動。所以這其實是彼此是否投緣、口味是否對胃的問題。

然而，只仰賴這種共鳴方式的人，就某種意義上而言是很吃虧的。這個世界上存在著各式各樣的感動，如果我們只挑選自己喜歡的，而屏棄了其它的，在反覆經歷相同的事物後，人心便會逐漸疲乏，最後再也無法共鳴。

即使是我們討厭的某些食物，世界上仍有許多人在食用；即使是我們看一眼就討厭的某些人，在世界上仍是大受歡迎；儘管我們常疑惑為何有人選出這樣的政客，事實就是有許多人投票給他。世界是很寬廣的，所以，當我們有討厭的東西時，即使那有多麼令人生厭，我們仍應保有「是我不懂得欣賞」的認知，並思考為什麼我們覺得它不好。

當我們覺得它不好時，不該一味怪罪於對象事物，而要回頭看看是不是自己的接收出了問題，但那並不代表我們應該去修正自己的品味。相反地，而要找出覺得它不好的原因，並捍衛自己的心。如果缺乏抵禦，我們就會被當作「感受性太低」的人，藉由防禦，才能保有自己的個性。

即使是討厭的事物，也有可能帶來收穫，會有感動，也有驚喜。像這樣讓自己保持貪念，其實正是讓感受性豐碩的不二法門。

34 | 100

「確認」是人們最愛做的事。

「好奇心」這個詞彙，代表對新奇的、罕見的、未知的事物有興趣，人們常說小孩好奇心旺盛，其實在我看來只是因為單純、無知，許多事情不曾體驗過而已，畢竟對孩子而言，新鮮事物無所不在。至於小孩的好奇心是否真的那麼旺盛，我倒還沒有看過實際的佐證。

好奇心旺盛與否因人而異，雖然有時人們也會針對不同領域展現出好奇心，但是整體而言，喜歡新奇事物的人，與保守不變的人相比，後者占了絕大多數。

例如，許多人在電視上看到了某個有趣事物的報導，便在下個週末特地出門前去觀賞，以便「確認」那裡的確有電視上報導的東西，並且檢查是否「有趣」，雖然人們也會順便看看其它的事物，但那並不是主要目的。

到了觀光地，非得要見過當地最有名的景點，以及刊登在旅遊手冊上的名勝才會善罷甘休，然後一一確認「你看你看，在那裡」來感到滿足。

人們會去吃藝人在電視上說「超好吃」的料理，確認是否真的「好吃」，而不會貿然挑戰不知是否美味的食物。

人們也會看「影評精彩」的電影，然後確認「的確很精彩」，而不去看評價未知的電影；書也是，大家總是事先調查，看看心得，如果「很有趣」、「令人出乎意料」、「看了會想哭」，便展開閱讀，然後確認的確如此並覺得滿足。如果不如預期，就抱怨「名不符實」。

這些其實都與「好奇心」背道而馳了，但我想不到它的反義詞。一般情況下我們會用「沒興趣」來形容無好奇心，但那又不是真的沒興趣，大家只是不想知道新事物，對於已知的都很積極確認。因此簡單來說，我認為那比較像一種「不願受到驚嚇症候群」。

我養了兩隻狗，每次出去散步時，狗兒們總是選擇同樣的路線，並在幾乎相同的地方停下來聞一聞，只要一隻開始嗅，另一隻就會馬上湊過來，兩隻的鼻子貼在一起。我想，人類大概也是依循本能來採取同樣的行動，或許這是群居動物的習性。

至於我，我不喜歡讀人們推薦的書，因為我想享受閱讀帶來的意外之喜。

寫日本很平安，卻有人因此感到難過。

自東北大地震引發海嘯後，已經過了兩年了。那天，我到埼玉縣荻尾望都老師家作客，回程一路塞得水洩不通，卻沒有報導發生了什麼事，好不容易回到家安頓下來，「核能發電廠發生意外」的消息立刻接踵而至。當時不只日本，全世界都受到了衝擊。

每天，我都會更新「庭園鐵道」的部落格，每三個月一次則將部落格的內容統整起來，發表文摘。我的讀者超過半數是外國人，儘管部落格是用日文書寫的，卻也不損大家靠電腦翻譯閱讀的興致。

我在這個部落格上，寫下「日本各地幾乎都未釀出災情」，當時全世界簡直誤會日本這個小國家要滅亡了，其實九成的日本人都沒受到波及，生活也沒有亂成一團，我想把實際的情況傳達出去，讓大家不要那麼擔心。

然而，我的一句話，卻引來了好幾位日本人的抱怨：「麻煩顧慮一下受災戶的心情」（這在我的預料之中），他們對於我寫的那篇文章，感到很「悲傷」。

日本人就是這樣的民族，只要有人傷心痛苦，所有人就要跟著哀悼、一同垂淚，讓彼此的心融合為一。當然，絕對少不了鼓勵的話語。日本人認為既然發生慘劇，可不能顧著自己玩樂，就算要玩，也得安安靜靜的，不能招搖。

這點我不以為然。我認為實際做一些事情才是更重要的，例如捐贈物資、冷靜分析現況、想想今後該如何重建家園，而不是陷入愁雲慘霧，一籌莫展。

例如最近新聞報導，政府將歷經海嘯但殘存下來的松樹，以人工方式重新培育，並建立紀念碑，我不認為這樣具有意義，那些資金與勞力，應該使用在更務實的目的上。

可是，多數人仍然會受「心情」或大家的「臉色」左右，並以此為優先，但這兩個選項其實哪個都不對。

我相信，一定有某些場合需要像我這樣的人。

相信無釘防滑輪胎的人非常可怕。

無釘防滑輪就是少了釘子的雪地輪胎，由於一般簡稱為無釘防滑輪，所以很難和雪地聯想在一起，甚至讓我以為一般的輪子也是無釘防滑輪。

我認同了防滑輪的效果並來到雪國，而一年之中有半載的時間都在用無釘防滑輪，另外一半只使用四輪傳動。可是即使是四輪傳動加上無釘防滑輪，轉彎時仍會三不五時往外多滑一公尺遠，如果大致看得見路面倒還能勉強上路，看不見路時就非常危險了。

以前只要稍微下雪，我就不開車，現在我沒那麼鐵齒了，但是雪道依然恐怖，各位只要親自走一趟就能體會。即使穿上雪靴，一個冬天仍會摔跤好幾次，只要沒受傷都算走運。因此當我將車子開到雪道上，心想「幸好車子不會跌倒」時，其實心中仍存有同樣的恐懼

依照字面上的意思而相信雪道專用輪或雪靴效果，往往容易發生事故。因為我們總以為「沒問題」，直到歷經海嘯與核能發電廠意外的可怕，才體會到恐懼。這意味著現代社會早已被「語言信仰」侵佔，每個人都對語言深信不疑。

打個比方，我討厭吃饅頭和糕餅類的甜餡，不過我也不否定將來可能會出現我吃得下口的。因為要做出口味、口感全然不同的餡料不無可能，即使那不再被稱做「甜餡」。語言所展現的，其實只是一種籠統的集合代名詞，所以我不能百分之百說「我不敢吃甜餡」。

躺了安眠枕就覺得自己能一夜好眠；吃了胃腸散就覺得腸胃好多了；有益〇〇保養，就一個勁兒地認定那是好東西……這些其實都落入了語言的圈套。所謂「有益保養」，其實意味著「沒有劇烈傷害」，而「為長遠的未來著想」，則代表「不會立刻發生效用」。

所謂危險與安全，其實就像在比較誰大誰小一樣，要求「絕對安全」，等同於要求「最大值」，那麼究竟要怎樣的天文數字，才算最大？

撇開這些不談，難道沒有更安全的雪靴嗎？我總覺得市面上應該推出更能防止滑倒的鞋子，而現在的我迫切地需要它。因為即使在冬天，一過早上六點我就得帶狗兒們去散步，牠們會像雪橇犬那樣拉著我往前跑，實在非常危險，別說我了，就連狗狗也會跌倒呢！

37 | 100

為何上了年紀特別容易被美麗的風景感動？

年紀大了，很容易因為看到一些美景而感動，我想那是因為自己不知道還能看到幾次這樣的景色，心中感慨使然。年輕人對美麗的風景往往不太在意，小孩則對風景毫無興趣，甚至對老人家逼迫自己「看，風景好漂亮」感到不耐煩。

不過，只要遠離日常生活，例如出國旅遊，即使年齡稍低，人們仍會感動不已，因為知道自己下次要再來這裡，不知是什麼時候了，說不定一生就這一次，再也無法舊地重遊。

除了年齡以外，距離也會造成影響。我們總會注意到對自己而言「稀奇」的事物。即使我們沒有清楚地意識到它很稀奇，但這股特質仍會化為感覺的量尺，成為我們下達評價的要素之一。

從這樣的邏輯來看，其實世界上還有許多再也無法見到的事物、再也無緣到達的場所，只是我們完全沒注意到而已。例如在偶然的機會下，順路拜訪不太熟的朋友家，由於沒意識到以後可能再也不會來了，因此在朋友家裡見到的事物，就無法引起太多的感動。

可是如果我們注意到，大概又會覺得感動了。這代表人的動容與否，其實受控於大腦是否捕捉到當時情境下某些條件，因此，若能善用這點，我們就能讓自己變得比平常更敏銳、更感性。

照片也是一樣的，例如，我們可能對鯨魚尾巴露出海面的照片動容不已，但對路旁被壓扁的空罐照片沒那麼感動。因為前者對自己而言是稀奇的，但其實只要前往照片中的地點，要捕捉到鯨魚出水的鏡頭或許並不太困難，甚至比找到一個被壓扁的漂亮空罐還簡單。由此看來，拍一張平凡自然的照片，說不定難度還比較高呢！

對上了年紀的人而言，每位女孩都很可愛，不是因為老人家的標準下滑了，而是因為老人家知道自己欣賞的機會不多了，若是年輕人，肯定會認為「我還沒有遇到心目中最美的女神」。

我想，這就是我看著小狗，覺得很可愛的原因所在吧！

38 | 100

氣自己年輕時為何不懂如此簡單的道理。

年紀大了以後，有時我會怪罪自己，怎麼年輕時不懂那麼簡單的道理。其實原因很簡單，因為當時氣昏頭了，失去判斷能力，一旦感情用事，思考就變愚鈍了。

隨著年齡增長，我愈來愈懂得如何避開容易引發誤會的說法，這點我確實進步了。在生氣之前，想好避免動怒的配套措施，對我自己更有好處，畢竟誰都不願氣得一肚子火（不過也會有人想亂發脾氣）。所以，我決定好好學習「表達的藝術」。

在我學習的時候，我會思考為什麼對方沒聽懂，是不是自己說的話有哪些不恰當的地方，並檢討自己為什麼連這麼簡單的東西都表達不清楚。我相信這也是一種成長。

然而，一般日常對話根本不會訓練到這些技巧，我只是湊巧當了研究人員，必須幫學生上課，講解原由，才有機會反覆說明同一件事物，並確認對方理解的程度。我的聽眾會回饋我意見，當我們在討論專業領域時，我會發現原來對方哪裡沒弄懂，然後將那些不懂的部分，當作是我自己的表達能力不足。

不擅長國文的我，如今能把寫作化為工作，其實正源自於我經歷過上述的反覆訓練。其中，改學生的作文使我獲益良多，糾正他人的文章，對於寫作訓練非常有幫助。這些跳脫研究與教育領域的「不懂」，促使我成為作家，三不五時與文學世界接軌。

有時，我也會想為什麼對方就是聽不懂那麼簡單的道理呢？我歸納出兩個原因：

第一種是對方根本不想懂。人們似乎對於說「我知道了、我懂了」就代表自己贊同對方的意見感到恐懼。所以當不贊成的時候，以文科領域而言，一般都會說「我不知道」。

另一種是根本沒在聽。他們習慣把注意力放在察言觀色，將精神集中在觀察對方是否不高興，所以沒空理會你講的內容。

這兩者在我當研究人員時都沒遇過，但在社會上似乎很普遍，例如我的老婆大人（刻意用敬稱）就經常對我說「那樣才正常，奇怪的是你」，如果老婆大人是前者，我家的狗狗就是後者了。

信誓旦旦的技術人員不可信。

某天，家人告訴我，電視節目裡出現了工程模型，我看了之後，發現這是一個以「矛盾」為主題的節目，內容是讓技術人員相互比拚。舉例來說，現在有兩名工匠，分別打造出最銳利的矛與最堅固的盾，而且對自己的作品都充滿信心，於是製作單位便安排兩人一較雌雄。

我覺得十分有趣，後來又看了三次左右。但有一點讓我極為不滿，那就是直到分出勝負為止，節目時間實在拖得太長了，如果直接告訴我結果，我應該會覺得精彩數倍。

最讓我感到不舒服的是雙方技術人員在比賽前，都要信心喊話「我一定會贏」。難道一流的技術人員，真會這麼說話嗎？如果改成「我不想輸」，感覺就好多了。再者，對技術人員而言，勝負應該是「比了才知道」，他們該說的內容，應該是冷靜分析怎麼做才有利、什麼情形可能會輸掉才對。不過反正是綜藝節目，或許那是導演下達的指令。如果收看這個節目的人也是技術人員，對他們來說，這個橋段只會令人尷尬，甚至懷疑如此過度樂觀的人怎麼可能做出精密儀器。

導演或許是想營造對決的效果，但卻弄巧成拙了。

身為綜藝節目，這樣的安排無可厚非，但技術的根本之一「重現性」卻被忽略了，只靠一次勝負就判定輸贏，本身就有很大的瑕疵。當然，讓機器互相比拚，即使只比一次，可信度也很高；可是若由人來比賽，再比一次結果或許就會有所不同，因此最好能多比幾次來統計才符合科學的精神。

不過，這些技術問題從一般人的角度來看，想必還是很有趣的。歐美一直有類似性質的節目，亞洲卻幾乎沒有，大概是因為亞洲的電視公司很少有理工科系的人才吧！即使有，也會以「人定勝天」、「奇蹟」之類的精神論來包裝，這種刻意強調感動的拍攝方式，無疑讓節目的精彩度大打折扣了。

如果這個節目能把時間縮短一半左右，快速揭曉結果，或許更值得一看。但因為時間寶貴，所以我就沒有繼續收看了。

強調「我一定正確」的人，千萬不可信，這點放諸四海皆準。瞭解凡事沒有絕對，才是研發更佳技術的關鍵。

40 | 100

春暖令人歡喜，秋涼令人高興。

即使氣溫相同，人類的感受也會有所差異。春天時即使只有十度，大家也會覺得好溫暖；秋天時就算高達二十度，人們也會感到好涼快。如此一來，暖和的日子反而比涼爽的日子還涼爽，涼爽的日子則比暖和的日子還暖和。

人們感受到的不是絕對的溫度高低，而是相對的溫度變化。例如以速度來看，以同一速率移動便不會有體感，就像地球不斷於宇宙中移動且高速旋轉，我們仍然感覺不到大地在移動。人類會感受到的是加速度。速度的變化是以力量的形式作用在物體上，所以我們能夠感覺到。

當然，看看溫度計，我們就能得知現在的溫度，速度也可以用相對的某種事物當作基準來測量，因此，即使沒有變化，我們也能把握現在的狀況。不過，比起這些絕對值，相信自己的感覺會更好，因為這些數據都要花時間測量，且會因測量方法而異，而且還會產生爭議。而我們自己感受到的，就沒有混雜這些「背景」了。

例如，當我們發現周遭的人起了某種共同的變化，這種變化即可視為「社會變遷」的子集合。即使廣泛的調查結果並未顯示這種趨勢，我們仍應以自己看見的狀況為準。

重要的是，隨時注意自己的敏銳度是否因為自我意見或願望而變得遲鈍。因為調查社會群體的人，往往會因為某人的意見或願望，使調查時期、調查方法產生偏差而不自覺。

擁有一顆坦然的心，用清澈的目光觀察，很快就會發現這些徵兆。精彩的事物總有一天會被大家看見，無聊的東西即使現在大受歡迎，終有一天會退燒。

不過，若牽扯到商業行為，要素就不只這些了。只要花錢，不論要將只有一點有趣的東西推廣開來，或是讓頗為無聊的東西存活下來，都有一定的作用。其實這也代表了感受性遲鈍的人數量龐大，有太多人都被商業行為利用了。不過就我的觀察，這個數字比起以往有減少的趨勢，大眾已變得愈來愈聰明了。

畢竟人類與生俱來就擁有偵測加速度的雷達，所以這種現象也可說是理所當然。

41 | 100

偽善能包裝得漂亮無比，體貼卻無法修飾。

要幫人造物品加工非常簡單，不論整修或更改，變更的部分都不會太明顯。因為人造物品一開始就是人工的，經過再多加工也能呼嚨過去。即使製造者的技術大不相同，即使前人與後人的調整相差甚遠，也很難被發現。自然的事物就沒有那麼好整修了，因為那原本就是自然的，不論再怎麼調整一定都會彆扭。如果某件自然的事物可以被修飾得很漂亮，那它就不叫自然了，例如照片。我們之所以能修照片，是因為裡頭映照的雖然是自然景物，但照片本身卻是被洗刷出來的人工產物。

資訊當然也是人工產品，因此要看出哪裡被動了手腳，非常困難，不過，若是親自體驗過或親眼看過，就會知道哪些是真的美，哪些是加工的美。不僅是物體、生物這類肉眼看得到的東西，舉凡人的行為、動作、感情、意見、思想，幾乎都能套用。

例如，真正的體貼、關懷是裝不出來的，那是一種單純、自然、內斂的情感。如果是為了讓某人看到、為了得到讚美，或是為了達到某種目的而模仿，那就一定會有造假之處，肯定有其不自然的破綻。這種不自然一開始可能不太明顯，可是隨著幾次成功造假後就會愈積愈多，最後平衡崩塌，令人不禁懷疑「是不是哪裡怪怪的」、「感覺好做作」。因為捏造的部分一口氣浮出了檯面。

當然，他們也並非刻意做作，但因為一開始就是人工產物，不免會心虛，想修飾得完美些，他們認為這些是可以「做」出來的。可見虛假的事物，在被捏造出來以前就已經由人為加工，而不是真實的。

電視等大眾媒體有時會越界，讓虛假的消息被播放出來，這源自於他們摸不清界線，分不清哪裡是真實、哪裡是虛構。因為打從一開始，他們就在捕風捉影。

真相應該是單純而平淡的，但又不具可看性，因此被媒體天線搜尋到的事物，幾乎都是偽裝出來的人造產品。

第4幕

戳破表象，言之有物

表達

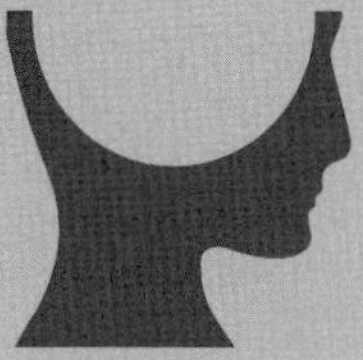

42 | 100

何謂「自我表達」？除此之外還有哪些表達方法？

「自我表達」是我從小常聽到的一句話，尤其頻繁使用於藝術領域，類似的說法還有「自我主張」、「自我風格」、「自我展現」，使用場合幾乎沒有區別。

其實拿掉前面的「自我」二字，意思完全不變。尤其對缺乏邏輯、不冷靜、不客觀的人而言（也就是絕大多數人），意義更是相同。

但在本質上，它們並不相同。例如「主張」，即使和自己無關，我們也可以主張他人或某團體的利益，或者為正義發聲，但一般人所說的主張，除了自我主張以外都很少見。

過去新聞播報摔角項目從奧運比賽中剔除時，媒體曾走上街頭採訪民眾的意見。某個節目也曾提到日本在摔角項目奪得了好幾面金牌，就這麼取消實在非常可惜，甚至播放以奪牌為目標的摔角選手們的感言。其實這些全都屬於「願望」，而非「主張」。

奧運之所以剔除摔角項目，想必是經過一番邏輯討論才決定的，開會時，這些「討論」一定被詳加斟酌過。可以想見當會議上有人提出數據，並主張「現在還有許多民眾想觀賞摔角」時，肯定有人反駁說：「這樣我們會很傷腦筋。」然而，這種說法不過就是民眾的「自我主張」罷了，即使提出，大概也只會被他人拍拍肩膀，說句「那真可惜」吧！

即使蒐集了許多連署，若只流於情感訴求，同樣沒有意義。於此情況下，唯有「已經決定觀賞奧運賽事，卻因取消摔角而作罷的人」，以及「摔角項目取消，就不再贊助奧運的廠商」的簽名，才能成為「反對意見」的依據。否則，「保留傳統的正當性」等爭議言論，恐怕早已被奧運協會討論數百遍。

多數日本人經常弄錯這之間的概念。我們老愛說「自我表達」，卻又總是將個人好惡當作自我展現，而無法將客觀理論化為自我立場、意見的後盾。別忘了「表達」其實是說服他人的行為。

如果我現在最想要三噸重的泥土。

我曾經被訪問過「現在最想要什麼」、「現在最想將這份喜悅第一個分享給誰」以及「要不要對各位粉絲說一句話」。被問這些問題時，如果回答「我和你一樣」，肯定很有意思。

絕大多數人對於最想要什麼，心裡往往沒有答案，都是被問過後才開始思考的。既然是被問過才思考，那就不能稱作「最」了。因為實際上，我們雖然有各種想要的東西，卻必須考量當下的場合，回答出符合對方期待的答案，或者想盡辦法讓答案漂亮些，而發問者也正期待著我們這樣做。

其實，我們大可以回答想要「一個能讓我予取予求的人」，廣義來看，「金錢」比較接近這個答案。相信百分之九十以上的人，心裡最想要的還是錢。

雖然人人都想要錢，但人們真正的目的並非金錢本身，而是錢所能買到的東西。這下，又要被問用這筆最想買什麼了。這很難侷限在「最想買」的答案之中，因為有太多東西都想要，只是現在還不急著用，為了以防將來所需，於是我們選擇金錢。從反方向來看，這代表我們「現在沒有最想要的東西」，正因為沒有，才會將「金錢」先保留下來。

只要是想要的東西，我都會費盡心思得到它，像我這幾個月來最渴望的就是泥土。一開始我只要三噸左右，後來愈來愈貪心，想要六十噸。土只要向地面挖掘，要多少有多少，可是挖了會留下洞，用買的又得先解決不知道該如何運送以及放在哪裡的窘境，所以雖然我想要，卻遲遲沒有動手。最後，我做了各式各樣的準備，想盡辦法買了七十五噸重的泥土。雖然現在還沒送來，但也快了，真是令我迫不及待。

我相信在這之後一定還會有其它想要的東西，只要認真思考那是我最想要的，總有辦法得到它。可是如果想要的是無論如何都不可能實現的，那就沒辦法了。「想要的東西」應該是現實中具體而微的事物才對。

44 | 100

「希望他早點解脫」竟是令人抓狂的禁忌言論。

我想普通人都會很自然地討論這件事，我在和朋友聊天時，也會談到這類話題，例如有些人年紀大了、受不了病痛的折磨，或者早已失去意識，我們自然會「希望對方早點解脫」，這樣的話絕非莽撞發言。然而，若是政治人物或公眾人物說了這番話，麻煩就大了，他們會被譴責失言，而且必須道歉。

這是一種很弔詭的現象。如果類似的發言都不被容許，那一定是電視這種發明有問題，因為人們總是高喊「所有人都有可能看到電視播出的內容，聽到這句話，一定會有人覺得受傷，公眾人物應該多體諒群眾的想法再發言。」然而，那些言論只是恰好在某處對著那裡的人所說的話，而非針對全國民眾的演講，人們卻擅自預設立場，認為要是被「聽了會受傷」的人聽見了該怎麼辦，因而憤怒不已。

若真要這麼說，那麼不論任何發言，都會有人聽了覺得難過，不是嗎？更何況這些抱怨的人，根本不是在說自己，而是擅自假定他人會傷心難過，替他人打抱不平。

對於面臨死亡的人而言，「死」其實是很值得探討的問題。人終歸一死，總有踏進棺材的一天。但在公開場合討論誰將去世，卻會被批評講話不經大腦。可是我們又都知道死亡無所不在，例如騎腳踏車的死亡機率，毋庸置疑的一定比待在家裡高出許多。

死亡實在被太過避諱了，人們總是將死亡視為禁忌，不敢讓孩子看見，彷彿死亡只發生在醫院，是日常生活中絕不會遇上的災難。可死亡卻又在不知不覺間來臨。

最近，有讀者告訴我，我的小說「死太多人了」，可是這畢竟是懸疑推理小說，人不死，故事就無法進行。現在的年輕人跟以前比起來，有愈來愈多人認為故事中有人死掉太不吉利，乾脆不要讀。

的確，能不死當然最好，可是，即使我們能將死亡推開，卻終究無法逃避它。所有人終歸一死，這是人類共同的課題，所以大家還是多多談論死亡比較好。

45 | 100

「攸關性命」也意味著「攸關鉅額款項」。

我曾經看過一部高喊「攸關性命」的抗議活動影片，至於在抗議什麼就不多提了。其實萬事萬物，若要以悲觀思考，無不牽扯到性命，因此就某種意義上而言，這可以說是一種理所當然的口號。

不論是訴求和平、要求排除未來即將帶給孩子們的威脅、向貧窮飢餓的人伸出援手、拯救無數幼兒生命……等，這些運動總會把話說得冠冕堂皇，可是實際上真正有力推行的，是資金，說明白點就是錢的問題，光是心意和加油吶喊是救不了人的。

所以，發起人才要向大眾喊話，募集資金。這些金錢的目的旨在解決問題，可是因為資金不足，往往只有一部分的人能夠獲救。

於是人們轉而發起微笑運動，許多名人與上了年紀的人紛紛投身於此，當然也包含沽名釣譽的人，儘管吃相難看，但因為他們做的畢竟是「善事」，所以也不太有人會去干涉他們。

然而總歸來看，還是只有一部分的人事物能獲得改善，於是大家便把目光從最嚴重的問題上撇開，一廂情願地將「心意」傳遞過去，認為一定會有人受到鼓舞，人們因此建立紀念碑、呼告媒體、大家一同禱告、雙手合十祈願……有時我不免懷疑，這些成本與時間，難道不應該以更直接的方式，以別種能量或資金的形式交到需要的人手上嗎？

再舉個例子，若有人過失殺人，法官「解決」這件事情的辦法，要不判處當事人入獄失去自由，要不就是判處支付罰金以贖罪。法庭不會裁決「必須道歉」，儘管道歉能讓兇手給人的印象變好，繼而影響審判結果。法律會強制剝奪自由、要求賠償，卻不會逼迫人道歉，因為是否致歉在於本人自由心證，這是基本人權。

因此，即使是世界上我們認為最貴重的人命，最後也只能以金錢衡量。即使許多時候這麼做並不公平，可是除此之外也沒有能計量的砝碼了，我們必須理解這點，雖然殘酷，卻有其中的道理。

46 | 100

控訴不滿時，可別連小抱怨一起脫口而出。

當我們對某人不滿時，可能因為問題還小，尚在容許範圍內，所以忍氣吞聲。可是，這樣的「忍耐」不過是把氣往肚裡吞罷了，它們不會消失。即使氣再小，累積多了，也會在不斷隱忍中愈滾愈大。

一旦發生大不滿，便容易爆發，開始向對方指手畫腳，處處要求。此時若能慎選言詞，不意氣用事，只把最大的問題說出口，就不會引起太大的衝突。就對方而言，也還有台階下，可以接受並改進。

但我們往往沒那麼理性、沒那麼聰明，如果能只講最大的問題就好了，卻連以前的諸多小事也一併翻舊帳，抱怨起當時曾經如何、那時其實我很不高興云云。對於說出這些話的人而言，他想表達的立場無非是「我至今為止都在忍耐」，但是對於聽的人而言，卻是「你不說我怎麼會知道」，最後又惹得一肚子火「這種小事情還需要我說嗎？」

一旦演變到這步田地，話題的焦點就模糊了，彼此不再討論最嚴重的問題，而開始細數過去的種種小錯，對方則反駁「我不想聽那些枝微末節的小事」，最後終於形成「吵架」。

原本應該談論的重點，此時早被拋到九霄雲外，爆發的那方又被反駁「那不是我們原本要討論的議題」，而愈發失去理智。由於對方不斷嚷嚷著問題根本不在這裡、我們要談的不是這些，於是跟說出口前相比，反而累積了更多的怨氣。

如果心想「乾脆連當初那件事也一併算帳」，很容易因為那不是太嚴重的問題，導致最終被對方駁回，讓對方愈來愈站得住腳。

因此如果對方問我們到底想說什麼，最好的方法就是把「我已經忍你很久了」這句話吞下來，這才是真正的「忍耐」。

話說回來，不是我在自誇，我是一個從不忍耐的人。不論再小的事情，我都會當場說出來，而不會小心翼翼地蒐集不滿。

47 | 100

「裝懂」和「裝傻」都行不通時。該怎麼辦？

現代人愈來愈喜歡抱怨他人的態度。以前的人雖然也會指責對方滑頭、愛擺架子、裝懂、裝傻、明知故問、硬充內行……不過通常只敢偷偷說「壞話」，而不會明目張膽地罵。畢竟說他人「壞話」其實是一種自卑的表現，因此通常只在部分夥伴之間偷偷交流，換言之，這是一種「集體抱怨」。

自我陶醉、裝模作樣，這類「態度」縱然令人作嘔、看不順眼，但並沒有顯著的危害，以極端而言，法律也沒有明文規定不能這麼做，想擺出什麼表情、什麼態度，都是個人自由。但是反過來看，對這些事情抱怨，就不僅僅是「態度」的問題了，那會明顯攻擊到對方，算是某種程度的「語言暴力」。而這也是引發侮辱名譽、霸凌、職權騷擾等問題的主因。

會這樣指正他人的態度，或許立意良善，甚至是為了維持氣氛和諧，讓大家和樂共處。可是這樣的發言，實際上卻會破壞情誼，使一部分的人遭受欺凌。霸凌，其實就是從「想確認所有人是不是感情都很好」的動機所引起的。

無論如何，介意他人的態度卻私下抱怨，雖是近年來的社會趨勢，卻絕對稱不上是高尚的行為。想說卻不願說出口，根本不算是光明磊落。

哪壺不開提哪壺、瞧不起人、皮笑肉不笑……其實我們不必責難對方的態度，只要把當事人說話內容的問題指出來就可以了。不論對方用什麼態度說話，我們都應該具備把那當成雜訊過濾掉的雅量。

「討厭的人」往往出現在「老愛抱怨的人」面前，相反地，「正面能量強的人」身邊總是圍繞著「可愛的人」。為什麼自己身邊總是充斥著一群討厭鬼？若有這些現象，一定要重新檢視自己。當我們回過頭來省視，縱使一瞬間看不見自己，只要願意，任何時候都能重新覺察自我。畢竟即使身邊沒有別人，也還有自己。

48 | 100

「只要你願意，有什麼不可能」，這句話也是想說就說得出口。

老師經常誇獎學生「只要你願意，有什麼不可能」，而我也在最近的書裡寫過類似的概念，但我想說的並不如「只要你願意，有什麼不可能」那麼武斷，更明確的說法是「不願意就不可能」，我認為這才是正確的表達方法，畢竟雖然做了有可能失敗，但是不做絕對不會成功。

弔詭的是，「只要你願意，有什麼不可能」這句話經常使用在事情完成之後。等到出現了好結果，長輩再來稱讚「看，你還是做得到啊！」此話看似褒獎，進一步分析，會發現那其實是「在這之前你都做不到，這次終於做到了」的意思，甚至還摻入了一些「我原本以為你會失敗，想不到成功了」的「對你重新改觀」的看法。這或許帶有一些「上對下」的意味。我雖不認為上對下有什麼不妥，卻也不喜歡輕蔑他人，其中的分寸實在不好拿捏。

話又說回來，我從小就經常覺得，當我們第一次成功完成某件事情時，人們用「只要你願意，有什麼不可能」來表揚，其實是種汙辱，因為我們之前並非都沒做過，只不過屢次挑戰卻不斷失敗罷了。

不過，若終於把討厭、不敢吃的東西吃下肚，用「只要你願意，有什麼不可能」就沒什麼問題，因為現實世界中不可能「吃了卻沒吃下」，即使有，也是「只吃了一點，而沒辦法全部吃完」。

又好比，願意跑就能跑，願意走就能走，許多動作都是願意做就做得到，即使只肯做一點點，也能完成一點點。然而只要願意活就能活著嗎？這恐怕不在此範圍內。

那麼，願意想就能想得透嗎？儘管要思考的東西非常複雜，只要想得不深，相信任何人都能做到，只是無法持續、很難深刻理解而已。就這層意義上而言，大多數人其實都處於一種「想了卻想不透」的狀態。

至少，只要願意寫，任何東西都能被寫下來，這點是不會錯的。

49 | 100

如果任何事情都得經歷，那麼經歷的效率未免太差了。

有些事情沒經歷過就不知箇中滋味，可是，若要說「任何事情都得經歷過」又太浮誇了。即使沒有親身體驗，透過聽聞、閱讀、思考，有太多事情我們都能大概掌握，只是沒辦法像親自體驗理解得那麼透徹罷了，重點是非常節省時間，畢竟親身體驗相當耗時費力。

為了讓孩子對課程產生興趣，學校常會實施「學習體驗營」，這種課程除了浪費時間以外，能夠傳達的東西也極少，效率並不好，因此我認為這種教學模式還有討論空間，不只討論性價比，更要討論花費的時間與成本問題。

在這個世界上，不可能有人能永無止盡地投入時間與金錢，這點乍聽之下理所當然，卻常常被人們遺忘。許多事情即使攸關性命，一旦考量時間與成本，最後也是不得不放棄。人們經常胡亂喊著如果能換得價值崇高的事物，我們就該無條件選擇它，但是這樣的意見，無疑是把會失去的東西都先捨去不看了。

例如「死亡」，我們無法經歷死亡，假設真的經歷過了，難道人就會理解死亡的可怕了嗎？又好比為了讓小孩瞭解社會組織與工作的重要性，讓孩子體驗「社會辦家家酒」或「一日小店長」活動，難道這樣真的就能將本質傳達出去了嗎？

任何事物都有不同面向，條件也會隨情況而不同。因此，一個人即使經歷過某件事情，再次挑戰時，又會是不一樣的經驗，因為一來已經做過了，二來人的歲數會增長，條件已經不太相同。至於體驗後的心得，有些有用，有些則絲毫沒有用處，機率因人而異。因此即使體驗過，也不代表全都是正面的。

假設我們沒有經歷過A，那麼「沒有經歷過A」就是我們的經驗，相對的，A也會被其它的B所取代。按照這樣的思維來看，所謂經驗，其實就是人活著時，一種不斷、連續性的狀態，不論經驗是好是壞，都只有一次機會，而這構成了我們的人生。

我們常說人要趁年輕多看看、多體驗，仔細一想其實是很奇怪的，到底要擁有多少經驗才能算「多」呢？比起來，我認為趁著年輕的時候盡情思考，才是比較適當的建議。

50 | 100

因為欣賞、歡欣而喝上一杯，難道不喝酒就不能體會箇中樂趣？

我因為個人興趣買了不少雜誌，這些雜誌裡的文章，總喜歡用某一種特定的方式收尾，例如製作鐵路模型，就會寫「看著模型完成，來一杯加了冰塊的威士忌，就是最棒的享受了。」而木工DIY的雜誌，也總是以「做好木頭露台後，呼朋引伴喝上一杯，真是暢快淋漓。」來結尾，模式千篇一律，讓我忍不住挑剔，難道不這麼寫，就不能欣賞作品的價值了嗎？

又好比，人們在講解櫻花有多美、月亮有多圓的時候，通常也會以酒助興，或許微醺可以讓心情更好，可是就我而言，喝醉的時候，對於漂亮、美麗事物的感受性反而會變遲鈍，如果不醉就無法欣賞事物的美，這是不是代表我們在清醒的時候，心裡太容易胡思亂想了？為了抑制雜念才喝酒呢？如果是，這其實是很嚴重的問題，畢竟那些雜念可一點也不美。

愛喝酒的人非常多，每每和這些人湊在一塊兒，人們就會自然而然想要飲酒作樂，於是，開心、高興的事情就全都跟酒扯上關係了，然而在我看來，這種無酒不歡的現象，其實形同中毒。

這就像抽菸一樣，心情好的時候來一根，工作結束後來一根，真是快樂似神仙。可是，其實不抽菸心情也不會變差，更不會感到空虛寂寞。我在十五年前左右是個老菸腔，也愛喝酒，現在都已經戒掉了。若要問戒掉之後我得到了什麼，我首推時間，或者該說是腦袋清醒的時間。因為喝酒費時又花錢（這點香菸比較不嚴重），不但性價比不划算，對健康也不好，但我不是要責難那些喜歡喝酒的人，我個人是反對菸酒管制的。

習慣是一頭恐怖的野獸，菸酒偶一為之確實可以助興，但是長期接觸，就會上癮。這就像開心的時候身邊總是聚集了一大堆人，一旦恢復到孤身一人時，就會鬱鬱寡歡。我認為人應該試著自己一個人，好好品嚐何謂快樂與喜悅，如此一來，一定能體會出純粹的箇中滋味。

51 | 100

「說明不夠充分」意味著「想找出反駁的漏洞」。

這是一種常見的措辭方式，例如「並未針對此次事故充分說明」，或是「未盡說明職責」。其實，比起充分說明，人們更想在聽完解釋後找出漏洞。人們並不是想藉由說明來讓對方說服自己，而是在等待反駁的機會。

於是，對於不想被反駁的那方而言，由於再怎麼解釋也沒有效果，乾脆都不回應，如此就能避免落人口實。若是明顯做了壞事或失敗了，為了不引起更嚴重的輿論，通常也會保持沉默。

但是對於想獲得資訊的人而言，這就不是一個好現象了。因為他們吸收資訊的目的在於理解，而不是為了鬥倒對方，當然，他們有時也會拋出質疑和詰問，但基本想法仍是想理解真相，讓自己心服。

溝通之所以無法順利進行，往往癥結就在此處。追求資訊的那方，應該更沉著冷靜些，展現想弄清楚事情的誠意，而不是一味反駁、往死裡鑽、逼對方吐露真相。

對於罪大惡極的殺人犯、造成嚴重傷亡的意外事故，媒體總會逼問肇事者：「為什麼要做這種事」、「為什麼保持沉默」，因為媒體自以為：「凌虐這些人是媒體人的使命，我們要代表國民出氣」，這令我非常不以為然。以這種手段進行到底，大家反而會開始同情起被逼問的肇事者，這其中的微妙之處，恐怕媒體並未會意過來。

有句話叫做「立首功」，媒體的行為，就像是搶著把賊寇的頭顱扭下來一樣，膚淺且令人不齒。

他們就是想拍攝對方聲淚俱下、跪倒在地、嗑頭認罪的模樣，就是想擷取民眾謾罵的場面，如此戲劇性的一幕正是媒體所要的。

但我希望各位好好思考，再多的哀傷淚滴、再悽慘的磕頭認罪、再多的憤怒不滿，都不能解決問題。找出防患未然的資訊，預防下一次悲劇，才是更重要的，不是嗎？

52 | 100

說「我是笨蛋，聽不懂」的人真的是笨蛋。

「笨蛋」雖然說不上是什麼有品的詞彙，但因為使用方便，所以我偶爾也會用。至於「傻子」，我就很少使用了，這只是我單純的用字習慣。以下我想稍微詳細解釋一下笨蛋到底是什麼意思。

笨蛋，若說是頭腦不好，大概只對了一半，另一半應該是指性格或是習慣。沒有知識，不代表就是笨蛋，這跟學歷無關，畢竟有些人曾經才高八斗，現在也笨得一塌糊塗。

簡而言之，我認為笨蛋就是「不思考的人」。不思考就無法解決問題，因此笨蛋無法解決問題。

一個人不可能永遠是笨蛋，我認為笨蛋不是用來形容人的素質，而是用來表現那個人當下的狀態。做了蠢事，不代表這個人會蠢一輩子，一個徹頭徹尾的笨蛋（完全不思考的人）基本上是很少見的。就連我自己，有時也會變成笨蛋，我也常常嘲笑自己「真是笨死了」。其實這不是在貶低我自己，而是在揶揄「怎麼不多動點腦？」

有些人會說「我腦筋不好」，但其實很聰明伶俐。反過來看，把不懂歸咎在笨上，說「我很笨，所以不懂」的話就真的笨透了。因為他的不懂在於不思考，而不思考的人就是個笨蛋。

許多人上了年紀愈來愈笨，他們年輕時明明會思考，卻因為逐漸發現不必思考也能生存，於是成了蠢蛋，這些人往往在無意識中希望自己變笨，於是願望就實現了。

小孩或年輕人喜歡思考事物，所以很少有笨的人。可是，大概是社會太富足、太安逸，現代人的愚笨指數持續增加，就連年輕人和小孩，也被大人的愚蠢給感染了。例如「察言觀色」，人們在「思考」旁人的言行舉止時，確實會變得稍微聰明一點，可是一味附和群眾並因此感到滿足，其實也只是依附在一個比較不笨的小圈圈底下而已，說到底，「比較不笨」雖不至於變成大笨蛋，但仍是小笨蛋。

許多土木師傅雖然沒有高學歷，但是工作起來無不樂於思考，所以鮮少有笨蛋，為此我經常佩服他們──頭腦真好。

53 | 100

人被指名道姓時，特別容易生氣。

多數人都不喜歡被直接指責言行舉止，例如：「你不能這樣做」。人們往往聽不下這些建言，即使聽了也會忍不住反駁。

可是，若從電視劇裡看到相同的情況，或讀了經典名著《論語》，把隱喻和情境套用到自己身上，人們便會恍然大悟「唉呀，我也應該三思而後行」，然後反省自己。換言之，只要不是直接把矛頭對向自己，心裡通常比較能接受，繼而產生「是自己察覺出問題」的警惕感，然後冷靜下來接受他人的意見。

我個人不是很喜歡這類隱喻或情境，我認為抽象地直接談論本質，才更清楚明瞭，所以我自己也用這樣的方式寫文章。有些讀者看了我的小說，覺得對裡頭的情節很有「共鳴」，但對我寫的散文，卻批評「森博嗣這個人太以為是」。

當然，有些人就是可以耐下性子好好聽取他人的意見，這原本不算是種技能，現在卻被升格為一項能力了，因為太多人無法誠實面對自己。那麼，原因究竟出在哪裡呢？答案是資訊氾濫。因此若不以具體的電視劇形式演出來，人們便很難「察覺」。

當我們認定對方「哪壺不開提哪壺」、「自以為了不起」時，其實早已被情緒所蒙蔽，導致在聽取意見之前，先被對方的態度、周遭的環境拉著跑，而無法坦然接受建議，認為「聽他說話是在浪費時間」。

我不是在指責給予意見的人表達技巧不好，也不是在說想要清楚明白地告知他人事情，最好演成戲劇使其自行察覺。我想說的其實是——根本不必費那麼多心思，因為只要聽意見的人自己「不願覺醒」，做再多也沒有意義。

如此情緒化的聽眾，早已被自己的情緒遮蔽了訊息，講得極端一點，就像只愛聽漂亮話一樣，其它一律關起耳朵，只挑自己想要的來聽。

當事人或許會覺得這樣日子過得比較舒坦，可是，這無疑是人生的一大損失，難保不會變得整日怨天尤人，若是到了這個地步，就無可救藥了。

54 | 100

沒有「給蠢材狼牙棒」這句諺語，大概是因為太常見了。

日本有句俗諺叫做「給鬼狼牙棒」，意即將有利的條件施予強者，形同如虎添翼。最近我在網路上看到有人把「鬼」解釋成「壞蛋」，將這句話的意思轉變為「將武器交給惡徒」，雖然我不知道這位網友是誰，但我猜應該是位年輕人。的確，鬼從來不是正義的一方，狼牙棒看似鐵棍類武器，其實也不太一樣，有些人似乎將這些都誤解了。

那「給蠢材狼牙棒」呢？現實中雖然沒有這道諺語，但這句話卻讓我聯想到三不五時發生大型槍擊案引發社會騷動的某個國家。的確，在富庶的現代社會，蠢材能用父母的錢買下各式各樣的東西，因此出乎意料地，他們雖愚笨，卻能擁強大的配備，例如法拉利或豪宅公寓。即使是蠢材，只要有了這些高檔貨，就能營造出好幾根狼牙棒的效果，讓自己看起來像個厲害的高手（這是聽人家說的，不是我的親身體驗）。

在網路上讀某人的文章，或者和某人聊天三十分鐘，大概就能知道這個人笨不笨，可是若只靠外表和打個招呼，就很難辨別了，就像我們不知道偶然站在身邊的人是不是蠢蛋一樣。不過，如果對方拿著狼牙棒，從他揮舞狼牙棒的方式來看，倒是能知道這個人蠢笨與否。舉一個非常簡單的例子，聰明的人拿到狼牙棒會藏起來，我們雖然看不見他的棒子，卻隱隱約約知道他持有，而笨蛋就會拿出來四處炫耀。

我小時候真的相信鬼的存在，所以非常怕鬼。大人總是喜歡念鬼故事給我聽，讓我心裡產生陰影，甚至害怕入夜後鬼會在外頭走動。有次我去寺廟參拜，發現鬼的雕像立在門的兩側，被鐵網圍著出不來，就像動物園的獅子被關起來一樣，問過大人後，才知道那原來是善良的神明，這才發現他們頭上的確沒有長角[5]，可是臉卻生得跟鬼一模一樣，當時的我甚至覺得天狗也是鬼。

後來我偶然從故事書裡發現原來也有心地善良的鬼，其實這是理所當然的，就連人也會有惡鬼般的狂徒，至今我仍然記得當年的我曾經這麼推論。直到上了幼稚園大班，我才知道根本沒有鬼。小時候我們會玩一種「鬼捉人」的遊戲，但大家不會扮成鬼，只是單純的你追我跑，這也讓我覺得好奇怪，我想我一定是整天想著這些怪問題，才會像鬼一樣養成了一副怪脾氣。

5——日本人所謂的鬼，是指一種頭上長角、面容兇惡的生物，而非台灣俗稱的鬼魂。

「那是因為他成功了所以可以這樣說」這不是廢話嗎？

有時候我會聽到人抱怨：「那是因為他有那樣的環境，才敢那樣說話。」我覺得這句話非常正確。如果少了那些環境，大概也就說不出那些話了。這就像在講「因為你活著，所以你才有辦法開口說話」一樣。

「那是因為你很聰明」、「反正你有錢」、「你會這樣想是因為你交得到女朋友」、「都是因為你們過得太幸福」……類似的說法多如牛毛，以抽象而言，意思就是「我沒有你擁有的那些，所以我沒資格談論」，或者「我有很多話想說，可是我沒有那樣的立場」。

換我來談談我的基本態度。我是一個「不論自身條件、有話直說」的人，我會將我覺得正確、有趣的各種想法直接寫下來，而無關於我目前處於何種狀態，反倒很少寫我想做什麼或是我的願望。

在社會上，常常可以聽到有人諷刺「不要自我感覺良好」，我認為，若真想說這些自我感覺良好的話，讓自己變得「客觀良好」就是最直截了當的防禦方法。如果想談論如何成功，就實際嘗試看看，等到真的成功了再將心得寫下來。這麼一來，久而久之，寫下的東西就會變成應證，不過也僅只於該例子而已。

我因為職業的關係，經常和年輕人說話，因此我對於「該怎麼談才能讓對方聽進我說的」特別敏感。例如：與其說「做A很好」，不如說「做了A，會有以下哪些好處」，這種提出具體結果的談話方式，效果非常好，畢竟年輕人追求的就是結果。

可是老實說，做了A也不一定會成功，所以我應該要告訴對方「做了A還是失敗」的例子，可是若我說了，又會被曲解為「做A是白費力氣」，這樣對聽我說話的人而言並沒有好處，反而像是在陷害他，所以我每次都很猶豫該不該說。

「有錢人真好」、「頭腦好真好」、「受異性歡迎真好」、「有喜歡的工作真好」……面對這些自卑的「下對上」言詞，最好什麼都不要回答，反正對方也沒在追求答案。如果故意要回答，倒是可以奉送一句——「您真內行！」

56 | 100

現在寫書，要用「○○力」當書名才時髦。

環視書店的新書區，不難發現架上充斥著《○○力》的書。先不論為什麼不能好好說「○○的力量」，我認為探究這些約定俗成的表達方式相當有趣，為此，以下我將一邊撰文一邊整理關於「力／勁」的詞彙。

例如「傻勁」，有一本名著《傻牆》[6]，讓人聯想到「高牆的力量」，不過我認為當中的「傻勁」更發人深省。同樣意思的字還有「衝勁」、「幹勁」（但我沒查證它是否源自「釋迦力」[7]）。

在力前面加上動詞的字彙有：「學力」、「聽力」、「跳躍力」、「握力」、「說服力」、「破壞力」、「浮力」、「壓力」、「努力」等，日本人在使用這類詞彙時，習慣把中間的平假名去除（例如「努め力」變成「努力」），就現在看來，將這些詞彙當成書的標題，一點也不會不自然。

在力前面加上名詞的字彙則有：「腕力」、「腳力」、「風力」、「氣力」、「水力」、「火力」、「核力」、「人力」、「腰力」，日本人習慣在這些詞彙中間加個「之（の）」字（例如「人の力」），彷彿有了這個字，意思就會變深遠，令人感到愉快。

在力前面加上形容詞，就很少成為書本的標題了。例如重力、靈活力、無力都是很好的例子，但我認為當作標題也未嘗不可。

最普通的是「專注的力量」、「思考的力量」、「大人的力量」、「無名英雄的力量」、「老婆的力量」、「熟女階段的力量」等，隨時都能信手拈來。

把「力」當作書本的標題總是令我感到不解，為什麼不用「○○技能」當作書名呢？畢竟力量與技能可是完全不同的，我認為讀書能學會的是「技能」，而「力量」可不是隨意翻翻書就能輕鬆得到的。

6——《バカの壁》，二〇〇三年由東京大學名譽教授養老孟司撰寫的著作，書中強調人人都有一道「傻牆」，「對於無法理解的人，人們就會互相稱之為傻子。」

7——「幹勁」的日文「しゃかりき（syakariki）」音同「釋迦力」，有人認為其語源來自釋迦牟尼佛拼死普渡眾生，但此一說法並未獲得證實。

57 | 100

許多時候文法雖然錯誤，內容卻很正確。

幾天前，我在某本書裡寫下「森博嗣好像要退休了」，結果被校對用鉛筆寫下「要不要改成『森博嗣打算退休』？」他的意思是，明明我在描述自己，卻用「好像」這個字，這樣不太合理，如果是國文老師，八成也會這樣訂正。但是對我而言，這樣並沒有錯，我是故意這麼寫的。

像我就曾經說過「我好像很喜歡這個，買買看好了。」結果被嘲笑「你怎麼連自己要什麼都不知道？」但是從我的角度來看，我反而對「大家都這麼瞭解自己」感到不可思議。

姑且不論這點，有些文章即使文法稍嫌奇怪，卻不代表意思有錯，這在小說、散文中隨處可見，放眼口語更是層出不窮，不但意思能通，有些奇怪的用法，在表達上反而更精準。

像最近，「超」（すぎる）這個字眼就讓我挺在意的，年輕人為了強調，很喜歡用「超」，例如「超喜歡」，它的意思是「非常喜歡」，原本在日文的用法，後面應該要加上否定句，例如「太喜歡，喜歡到不敢直視」，不過現在這麼用的人反而變少了。

又比如，明明在指自己，卻說「某某人超想做某件事」，其實就是指「我非常想做某件事」，這樣說並沒有什麼錯，卻容易被誤解，而且「超容易」被誤解。

之前我看到有個年經女孩說「這個超像我」，我猜她的意思是「這很適合我」，但又不免為那些習慣這麼用的人偷偷擔心，若他們遇到長得像自己的人時，該怎麼形容？

把超的複合字當作名詞使用，並不存在原本的文法中，但是現在日本人卻普遍將「超希望」當作名詞，儘管我曾經把它和動詞的「希望」混淆在一起。在這裡，「超希望」的意思其實並不是「非常渴望」，而是「相當符合自己的願望」。

還有，如果我寫「吃吃A啦、B」，會被校對改成「吃吃A啦、B啦」，這樣語法的確更正確，但我一向不喜歡重複把「啦」寫出來。有次我寫「蓋子被打開」也被糾正成「打開蓋子」。其實我覺得前者比較正確，大概是因為我是理工人，或受英文原文書影響的關係吧！

58 | 100

關於語言的多義性，我超～懷疑的。

之前在網路上，看到有人說「我超不喜歡」，我猜他要表達的意思應該是「厭惡至極」。

至於「嚇人」已形成另一種用法，幾乎等同於「厲害」。其實，原本「厲害」也不是現在的意思，而是帶有「嚴重、悲慘」等意含，但也成了現在的用語了。這些新興詞彙除了保有原本的意義以外，也有更強烈的語意，而且有種活潑感，讓我覺得挺有意思。

最近日本還流行把形容詞的「い」拿掉，例如把「美味い」變成「美味」，或者把「痛い」變成「痛」，但這在名古屋腔其實很普遍，因此對名古屋人而言，他們一點也不覺得哪裡奇怪，只是很好奇怎麼大家突然都講起了名古屋腔。

話說回來，「超」、「很」、「非常」、「十分」這些字的功能竟然全部大同小異，對語言而言或許是種損失。

「超○○」剛出現時，曾經是很有趣的說法，現在卻成了普通的強調用語。用久了，原本「超過」的原意也消失了，容易讓人產生誤會。就像以前「超聰明」（即愛耍小聰明）是用來諷刺人的，現在卻變成了單純的讚美，這對《多啦A夢》中品學兼優的好學生王聰明而言，可是個大問題。

我曾經看過有人說「超~想吃」，我猜那指的應該是「想吃想到快受不了」，令人莞爾；那如果說「吃超~多」，應該就是指「食慾旺盛」吧？究竟「超」有沒有「超過限度」的意思？這讓我超~懷疑。那強調「吃超多」時服用的胃腸藥又要如何說明與標示呢？

一詞多義的情形在各種語言當中都有案例可循，究竟要採取哪一種意義，實在令人腦袋一團亂啊！

59 | 100

再過不久，人們就會在網路上分享「現在要開始呼吸」。

這句話是在揶揄，應該不至如此，但是看看現在的社群網站，情況也相去不遠了。「睏了，晚安。」「明天要去買這個。」「糟糕，突然下大雨。」盡是一堆不知所云的嘟嘟囔囔。

「嘟囔[8]」，就是指將別人不想聽的話掛在嘴上，因此，在網路上向大家嘟囔，無疑自相矛盾。如果只是單方面發牢騷倒還好，竟然可以回覆，實在非常詭異，畢竟那就成了一般的對話了。當然，也有人覺得只要別引起他人抱怨，嘟囔也沒什麼不好。除此之外，現代人也很喜歡一窩蜂地轉貼連結，我認為這種行為早就過時了，未來的趨勢應該要限制轉貼連結。

為什麼森博嗣不玩社群網站？以下簡單描述幾項原因。

首先，我認為寫東西是一項很遜的行為，把自己的想法像老太太的裹腳布一樣寫得又臭又長，絕對不是真正聰明的人該做的。僅用最少的篇幅描述自己，然後保持沉默，才是人的最愛，不是嗎？

所以，作家其實是一種用愚蠢舉動交換代價的職業，藉由委屈自己說一些不著邊際的話，讓大家覺得「這人怎麼那麼無聊，這些東西還要特地寫出來」，以交換稿費和版稅。工作，就是建立在這種委屈與金錢的交換上。

任何發言都有可能刺傷他人或招致批評，雖然也會有人贊同自己的言論，但是即使掌聲再多，也得不到實際的利益。反而有些人因為個人的激烈言詞被追殺，而那些曾經拍手叫好的人也不可能出來護航。這就是向社會發言的殘酷。

我個人曾經寫部落格超過十年，但是那一開始就是為了出書才寫的，換言之，我寫是為了得到酬勞。現在我只經營「庭園鐵道」這個部落格，但那是因為我已經在這個領域出了好幾本書，更新部落格對我而言是一種「讀者服務」。

總而言之，我不太發表沒有稿費和版稅的言論，這是我的一貫態度。因為我認為，跟什麼都不做比起來，「工作」和「職業」只是在降低自己的格調罷了。

8——嘟囔（呟く）在日本亦有「發推特」之意。

60 | 100

捏造需要創造力。

自從部落格、推特、臉書、微博出現以後，愈來愈多人把一堆無關緊要的瑣事寫到網路上，例如「熱死啦」、「好累喔」，還有「本來想買○○，可是因為賣完了只好作罷」等流水帳。我實在很想問問他們，這些究竟是要講給誰聽呢？大概是這些網友身邊都有守護神，所以需要寫出來分享吧！

流水帳並沒有不好，但不要一直繞圈圈說同樣的話。再來，我實在很想告訴他們，如果一定得說些什麼，至少也要改一下錯字。

我常看到有人引用「森博嗣曾經說過」，有時我也會自言自語地回應：「我才沒說過」，但我從未想過要把這樣的想法發表到網路上。

我從十五年前開始寫部落格（當時還沒有部落格這個詞彙），後來文章出版成書，現在也還買得到。當然，書裡寫的並不全是真的，有些是認真寫的，有些是故意編出來的，這很正常，因為我是作家，我是以工作需求來書寫的，捏造其實就是一種創作。

舉個例子，我的保時捷取名叫「蔚藍六號」，但我在現實中從未用過這個名字，那只是一個網路取向的命名。車牌「6666」也是用 Potoshop 修改的，或許大家會以為森博嗣為自己的車子取了一個符合車牌號碼的名字，但我壓根就不認為真的有人會相信。

我也曾經把本田 BEAT 黃色敞篷車的車牌改成「7777」分享到網路上，這麼害羞的事情在現實世界中我才不會做呢。而且說起來，我對於這種整齊劃一的吉祥數字沒什麼好感，我比較喜歡質數，記起來更方便。

我舉的只是一個小小的車牌號碼創作，當然，我還有更大型的創作，甚至搞不好森博嗣這個人都已經不在世界上了。

世人都不擅長編造、說謊。畢竟編造非常需要想像力與思考力，為了讓一切合情合理，還得記住自己撒過什麼謊。當然，謊言總有一天會被戳破，因此還得將被拆穿時該怎麼處理都預先設想清楚。

拙劣的謊言只適用於當下的場合，會被眼前的目的所擺弄；而精美的謊言由於經過天衣無縫的算計，往往能成為真實。

61 | 100

斟酌不是妥協，而是添加香料。

料理中若需要調味時，大抵可以分為「匙調味」及「手調味」兩種方式，目的都是調整口味、斟酌濃淡，但我認為就這層意義上而言，「手調味」更適用。大家可以想像那個畫面，以手抓取些許調味料為菜餚添加滋味，就正確的文字敘述而言則如同「撒上香料」。

人們認為「匙調味」代表分量正確、濃淡合宜，若引申在待人處世則表示事情處理得精準，拿捏得宜。但我覺得這樣的意思還是用「手調味」來形容比較妥當。「匙調味」應該是更銳利、更精準、更剛硬的形式，甚至可能讓別人產生一兩句怨言才是，而這畢竟才是香料的目的，如果不讓多數人感覺到「辛辣」，就沒有放入香料的意義了。

最近人們愈來愈喜歡吃順口的東西，一如愈來愈多作品捨去尖刺，採用溫和無害的題材，但這樣只會讓創作持續呆板下去。電視劇也一樣，為了避免被觀眾抱怨，製作單位擅自訂定了一堆禁忌和規則，刪去激烈的情節，猶豫是否要採納新的橋段。

這就和電視名嘴的發言為何總是那麼無聊是同樣的道理。當然，有時也會出現一兩個以毒舌著稱的人，他們直白地施加香料，透過「匙調味」，讓大家對他稍有怨言。

北朝鮮發射飛彈時，有位名嘴曾說：「怎麼不剛好打在釣魚台列島上呢？」結果立刻被製作單位以「不當發言」處置。為什麼連區區笑話都要如此戰戰兢兢呢？當時一堆人對這樣的發言嚴加撻伐，卻不知道自己的行為實在惹人發噱。說這句話的名嘴據說是位中國人，老實說我非常佩服他的幽默與絕妙的「匙調味」。如果節目都邀請這樣的來賓，我應該會更想看電視吧。

政治人物有時會談起過去的戰爭而引起爭議，我認為那也是「匙調味」的一種，會對「為什麼要說這種引發眾怒的蠢話」生氣的人，實在比政治人物還要愚笨。當然有些只是單純的說錯話，比例大概各占一半。

我寫的散文也是，一樣米養百樣人，有些人覺得辛辣，有些人覺得不夠味，總歸一句話，不調味，哪有賣得好的料理？

第5幕

客觀思考，保持中立

社會

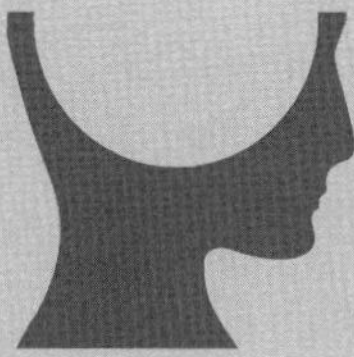

62 | 100

世界上有許多謎團，但正因為謎團多才有趣。

最近日本新幹線因為大雪引發脫軌意外，由於新幹線脫軌非常罕見，因此登上了新聞。據新聞報導，原因是「左側車輪脫軌」，大家聽了不覺得匪夷所思嗎？火車的車輪是用鋼軸左右連接在一起的，因此左邊的車輪脫軌，右邊自然不會在軌道上，換句話說左右車輪一定是同時脫軌，只要鋼軸沒有歪掉，就不可能只有一邊偏離軌道。我猜，新聞想表達的是車輪從鐵軌左側超出外側，至於右邊的車輪則落到內側，同樣脫軌。

縫紉機現在已經很少見了，它的原理是針頭上上下下，穿過布料，用線縫起來。針上面有穿線用的小孔，可是針刺穿布料後卻只是往上抽起就能縫好，不覺得不可思議嗎？一般我們在縫紉時，都要把針完全穿過布料，到達布的下方，再把針往上縫回，這樣線才會縫進布料裡，像縫紉機那樣蜻蜓點水似地一扎一扎，為什麼能夠縫起來，很值得思考。

文科也有有趣的題材，相信大家都聽過「四面楚歌」吧，這是一句用來譬喻腹背受敵、孤立無援的成語，源自於項羽被敵軍包圍，聽到敵軍唱著楚國的歌。可是，難道項羽在聽到歌聲之前，會不知道外頭是敵軍嗎？會有軍隊真的是一邊唱歌一邊行軍嗎？而其實被敵軍包圍、孤立無援的項羽，正是楚國的王，如果腦筋轉不過來，最好把典故找出來溫習一下。

大家一定看過「小心路滑」的標誌，那是一個黃色三角形的圖案，上頭畫了一輛汽車的剪影和輪胎打滑的痕跡，兩道痕跡在中間一度交叉，以常理推論，這代表左右輪胎通過同一個地方，亦即汽車迅速迴轉，調轉了方向，因此剪影汽車其實是面對鏡頭的方向。可是汽車都是四輪，正常行走下，前後輪的軌跡會重疊，因此道路上的痕跡會有兩條，但迴轉至反方向時就不是這麼回事了，此時前後輪會通過不同的路徑，因此不可能只出現兩條痕跡。這麼一想，下次看到標誌，可別盯到入神了。

鼴鼠在挖穴道時，挖掉的泥土究竟到哪裡去了？如果只是把土挖掉往後撥，難道剛挖好的穴道不會又被埋起來嗎？

63 | 100

比核災恐怖的事，可多著呢！

許多人直到日本核電廠發生事故，才知道核災的可怕，但是就我的認知，核災應該是更恐怖的災難，因此實際發生的其實比我想像的還要輕微。的確，既成的災情的確可怕，但我至今仍覺得能控制到這個程度，已經相當不錯了（或者該說是運氣好，剛好停了下來）。

如今火力發電所正在代替核能發電廠全面運轉，但是火力發電所並不代表絕對安全。儘管它比較不會引發嚴重事故，但就空氣污染的層面來看，即使沒有意外，火力也會持續破壞環境，而且鉅額的燃料費還是國民買單。

把太陽能發電當作救命稻草，也讓我感到匪夷所思。政府協助普及自然是好，可是過多的補助款，總有一天會形成呆帳，或許現在是過渡期，所以不得不為之吧！

真要說起危險，我曾經跟朋友談過隧道和橋樑的風險，結果過沒多久真的發生了嚴重的隧道事故。那些被捲入的倒楣人，甚至沒有地方可以一吐怨氣。不過撇開這點不談，我認為那已經算是不幸中的大幸了，如果行經隧道車輛更多，後果不堪設想。

隧道的恐怖已經在現實中應驗了，所以我不會再提，從現在起，我要改成呼籲大家過橋時最好做好心裡準備。

這個世界上實在有太多可怕的事情，光想就夜不成眠，例如：北韓的飛彈打過來，這遠比再次發生核災的機率大多了。比起戰鬥機墜毀，自己開車的時候，有人衝到前面的機率也高多了。

光看天災，地震、火山爆發、超大豪雨的發生機率也很頻繁，但是相較之下，罹患癌症的機率甚至更高。

面對這麼多恐怖的威脅，人類竟然還能天天安穩度日，這該歸功於我們的遲鈍呢？還是置身事外的個性？或許正因為有這樣的性格，我們才能苟活至今。

算了，還是別想這麼多，好好洗個澡，收看喜歡的電視節目吧！可是話說回來，燒熱水、播放電視，這些仍需要能源，因此，至少還是想想這些能源是如何發配過來的吧！

64 | 100

看到「地區性豪雨」我總會想起許多事情。

大約從二十年前開始，專家就知道地區性豪雨將會愈來愈多，但這項「預測」並未被技術人員接受，因為工程技術使用的是過去的資料。

例如地震、海嘯、暴風，工程師會根據往年的數據來計算結構，設計出建築物、橋樑、道路、隧道等所有建設。但過去的資料，頂多只有一百年左右，比那更早的災害，則未留下數據。文獻雖會記載發生過地震，但震級卻無從得知。工程師當然會把這些當作參考進行預測，但是實際的數字究竟要如何設定，就有各種不同的闡釋了。

其實光是豪雨，史上最嚴重的豪雨數字就不斷刷新，這些數據都是在觀測後才冒出來的，因此很有可能一開始並未被估算到。一如工學的「安全係數」，工程師會將過去最大的數字適度增加，以策安全，但是，並不代表往後發生的就不會超越現在的數據。

大家都說雨下得愈來愈兇猛，是受到全球暖化的影響，而暖化的主因則被認為是二氧化碳過量，但是沒有人可以肯定。可以確定的是，地球的確是愈來愈暖和了，以前若提起日本的米倉，大家第一個會想到新瀉，如今卻是北海道。與我小時候相比，也有幾百公斤的漁獲量轉移到北方，可想而知，那些總是出現在溫暖地區的颱風，也漸漸北移了。

因此，建築物剛蓋好時或許很安全，但隨著自然環境轉變，一旦下起滂沱大雨，就容易發生預料之外的情況，儘管這些「預料之外」早已被絕大多數的專家預測過了。

水泥剝落等建物相關毀損的原因如今也已真相大白，但卻面臨了許多現實面的難題，例如：不可能全部重作、維修預算撥不下來。

意外發生，對於運氣不好被捲入的人而言無疑是場災難，但正因為這場事故，預算才被提撥出來，其它地方才能變得更安全。這種「除非實際發生意外，否則難有相應處置」的體制確實大有問題，但比起怪罪國家或政治，倒不如說人性天生如此吧！

如今的出版界，已經陷入今朝有酒今朝醉的困境了。

其實這不限於出版界，媒體業也是，娛樂界也是。

說得簡單明瞭一點，「今朝有酒今朝醉」就是「只關注於當下」，這有兩種含意，一種是不看過去，只做現在想到的事；另一種是不論未來如何，只管即時行樂。出版界的「今朝」屬於後者，畢竟出版是一種商業行為，因此出版社總是對過去的成績特別在意，甚至被過往經驗給困住，為此我很希望他們可以多看看未來，而非過去。

人在年輕的時候往往不會顧慮過去，而會把握當下，長大成熟後，投入職場，漸漸地學會同時思考過去與未來，可是等到年紀大了以後，又會再度回到即時行樂，而不願面對未來。

出版業和電視圈之所以變成這副德性，大概是因為知道自己就像風中殘燭的老人一樣，隨時可能死去，他們或許有這樣的預感，儘管理由並不明確。一言以蔽之，他們的心態漸漸變成了「我已經沒有時間讓我慢慢思考未來了」。

其實不論出版、電視、電影、電玩，在稍早之前，還是有一些稱得上挑戰的全新企劃，當然它們並不一定都能成功，但是就我的觀察，從這些機運誕生而出的副產物，往往能支持業界好一陣子。可惜現在，從他們身上已經找不到持續創新的雄心壯志了，我只看到他們握緊那些已經證實過有效的籌碼，然後盡量提高利潤。

人也一樣，即使挑戰某件事物不見得成功，但在過程中產生的東西、遇到的經驗，可以提供後人許多幫助，從事創作的人，一定對此感觸良多。

大約從十年前起，我開始察覺到出版業出現了這種「即時行樂」的現象，電視和新聞則在更早之前就變質了，當時，我曾擔心過再這樣下去不行，但是從當事人多次的發言來看，似乎覺得言之過早。如今，他們再來詢問該如何是好，我只能告訴他們，一切都太遲了。貪圖眼前的利益並非原因，因為更糟的因素早在之前就形成，今朝有酒今朝醉，只是結果罷了。

66 | 100

讓泳裝少女從雜誌封面上消失吧。

有去過日本的人們，走一趟便利商店應該不難發現入口有個雜誌區，架上超過一半以上的雜誌，封面都是穿著泳裝的年輕美女，這是日本的特色之一，有時從店外就看得見，常常令外國人嚇一跳，也讓我覺得日本人很丟臉。

我曾經被外國人問過這個問題，當場啞口無言。為什麼跟美女毫無關聯的雜誌，封面卻出現裸露肌膚的女性呢？例如車的雜誌就是個好例子。我曾經被問：「是不是雜誌社的人，認為這樣雜誌會賣得比較好？」我回答：「大概是吧！」結果對方回我：「太荒謬了。」

是的，我也覺得雜誌社荒腔走板，但那或許是因為雜誌社手上有實際的資料數據，顯示這麼做可以賣得更好吧！如果真是這樣，買的人還真是一群令人不敢恭維的傢伙，難道這些書是為了那些人而設計的嗎？

真是這樣那就算了，反正購買物品是個人自由，想要製作怎樣的書別人也管不著，可是，有些書店和便利商店把那樣的封面堂而皇之地擺在店門口，這不是荒謬到了極點嗎？我的外國朋友就曾經對我這麼說，我也完全贊同，只好打哈哈說：「可能是便利商店也有實際的數據，證實這樣賣得比較好吧！」

記得在東京也曾經因為類似事情引發過爭議。東京知事曾擬定法條控管出版物裸露，結果引來作家抗議「剝奪創作自由」（這是聽來的，詳情我並不清楚）。我認為這其實沒有爭論的必要，因為創作書籍是自由，買喜歡的東西也是自由，販賣也是自由，想要怎麼表現都無所謂，可是，光明正大地擺在那麼明顯的地方，臉皮也未免太厚了，為什麼他們不認為那是很「丟臉」的事情呢？如果這樣就能賣得更好，那店員何不直接穿泳裝算了？之所以不穿，不正是因為一般大人都覺得那樣很難為情，而沒人願意嗎？把裸露的雜誌擺在店門口，也是同樣的道理。

我不是刻意要刁難，我不認為「不好」，只是覺得那很「羞恥」，畢竟任何人都有生理需求，每個人的身體也都有性徵，但我們卻會小心別在人前曝露出來，我也不是在指責穿泳裝的女性不檢點，但便利商店畢竟不比海邊或游泳池，如果出現在尋常的街口，一般人都會覺得不好意思吧！如果多數日本人都喪失了這種羞恥心，我會覺得那是日本文化的恥辱。

67 | 100

把人分成「貓派」和「狗派」實在很詭異。

狗和貓是截然不同的動物。狗又有各式各樣的品種，大小各不相同，很少有人只要是狗。就統統喜歡。貓的變化雖然不似狗那麼繁多，但也有長毛貓、短毛貓等區別。我自己養了兩條狗，老婆大人（刻意用敬稱）嚴格說來比較愛貓，屬於「貓派」，但現在也是整天和狗狗膩在一起，比起我她更疼狗，因此我敢肯定她絕對不是「人派」。

我喜歡狗，也愛貓，以前也有養過貓，但嚴格說來我應該算是「狗派」，不過我也有討厭的狗品種，就連我現在養的喜樂蒂牧羊犬，也有我比較喜歡的喜樂蒂，和我不太喜歡的喜樂蒂。這就像即使都是人，也會有喜歡的類型和不合拍的類型一樣。

我會區分人，同樣的也會區分喜樂蒂，但我分辨不出貴賓犬，因為我沒有養過貴賓。

只要電視上出現了幼犬或幼貓的影像，家人就會叫我來看，不論我在做什麼工作，都會先中斷前往觀賞，然後不免俗地稱讚「好可愛」。浣熊或北極熊的寶寶很可愛，熊貓的寶寶也還算可愛，長大的熊貓就因熊貓而異了。猴子的寶寶我就覺得沒那麼討喜，人類的嬰兒要視嬰兒而定。之前我寫過，希望電視節目不要在幼犬走路時，加入跟原子小金剛一樣的「噗啾噗啾」腳步聲，畢竟連走個路都要配音，實在太做作。

如果有「沒藝人、沒猴子寶寶、一整個小時都在播幼犬幼貓」的節目，我一定每週準時收看。之所以沒有這種節目，大概還是因為節目製作人沒有那麼喜歡狗和貓吧！

其實，不論是人類寶寶、猴子寶寶，還是鬥牛犬寶寶，只要是自己親手帶大的，一定都會覺得可愛無比。如果不是自己帶大的也覺得很可愛，那就表示以客觀角度而言真的很可愛了，若要當作商品，這種客觀的可愛的確有必要存在，但若是要自己養育，就沒有必要了。因為我們一定會主觀地覺得愈看愈可愛，所以外表不是問題。

最近療癒系吉祥物大為流行，大家看了都直呼「好可愛！」，但從孩子的眼光來看，那些其實都是怪物。我家的小孩在動物園看了獅子一點也不覺得恐怖，看到工作人員假扮的獅子布偶卻放聲大哭。可見再怎麼「可愛」，都要有一定的想像力加持才行。

對堅持體制的人批評體制，不過是徒勞無功。

這個世界上有規格、體制等各式各樣不同的規範，而政府、社會和學校，則必須在這些規範下永續生存，因此明明有時我們說的是正確的，對方卻會揮舞著這些規矩拒絕我們。化為語言，就是「非常不好意思，但是這就是規定。」

遇到這種情況，通常我會指出「那就是這個規定不好。」聽我這麼一說，負責人往往只會一臉驚訝地「啊？」，而完全沒有「改變規則」的想法。即使指責這都是「規定的錯」、「體制有問題」的人愈來愈多，對方也只會打哈哈地說：「是的，我知道這給您添麻煩了。」而絕對不會說：「我們會修改規定。」

或許是因為負責人自認沒有權力更改規則，又或者是他覺得麻煩，多一事不如少一事吧！

事實上，至今為止我曾經提出一百次左右體制上的問題，約有五次實際獲得改善。儘管是在我提出後過了不少時日，但陋習的確有改進，讓我十分欣慰。因為我是基於希望這個組織愈來愈好的前提才指出問題，而我的願望得以實現。剩下的九十五個問題仍然維持原樣，而我也不會再度提出改善方案，不過我會在知道規定的前提下，持續說出自己認為哪些是對的。每次對方告訴我：「不好意思，這是規定。」我就會回敬：「那是你們擅自規定的。」而不直接告訴他們應該怎麼修改。我只是把自己的不滿傳達出去，在他們發覺以前，耐心地、持續地告訴他們不好的東西就是不好。

有些組織會在不變動現有體制的情況下，祭出局部性的迴避方案。他們會以自己做得到的方式試圖改善，卻從未想過要從根本下手。這種治標不治本的情況相當常見。可是，我認為這很荒謬，因為顯然他們根本不清楚，究竟為什麼要從根本修改體制。

最近我已經不太需要和區公所、大學、政府機關接觸了，因此這種令人火大的情況已經少了許多。但大型出版社同樣有類似的問題，如今也有許多部門正在以局部改善對策來平衡中央體制的僵化。

69 | 100

第一次知道「碟仙」時，我覺得那非常酷。

這是在我小學時候的事情。我一直到國中一年級左右，都還對超自然現象深信不疑，我認為那些精神世界的神祕現象，並不那麼不可思議。可是隨著學習到各種科學知識，我漸漸知道那些並不可能，因此這些對神祕現象的憧憬，也就從我心理自然而然消失了。

這麼一說，以前有一種叫做「念寫（Thoughtography）」的現象，經常引發討論。所謂念寫，就是特異功能人士發動超能力，在底片上顯現神奇圖案。明治時期，科學家無不絞盡腦汁想要破除這道謎團，可惜歷經反覆實驗，仍無法以科學方法重現，只好將其歸類於單純的魔法。自從數位相機問世後，念寫就不再被人提起了。會不會是因為超能力也趕不上新的科技呢？

儘管我已經活了超過五十幾年，至今仍不曾遇過神祕現象。如果是「剛剛還在桌上的筆突然消失了」這類小神祕，倒是每天都會發生。可是找一找就會發現它的蹤影，就算是從出乎意料的地方跑出來，仔細一想，也會發現自己今天的確來過這裡，所以不算超自然現象。我每次都想大叫：「為什麼你會跑到這？」但又總能說出原因，令我非常不甘心。

再來說碟仙、錢仙，抵著碟子、硬幣的人，可以透過自己的手，將碟子、硬幣移動到想要的地方，所以根本不必憑藉靈力。如果是當事人看不見，或是把紙上寫的東西蓋住，又或者不用碟子、硬幣，改用三十公斤重的鐵塊，我倒是很希望他們能借助靈力來克服。如果真能如此，那的確是酷的魔法。

特異功能人士已經很久沒有上電視了，八成是因為一邀請他們，又有人要打電話去電視台抗議。電視台似乎也察覺到這股民意，於是改成邀請魔術師製作節目。可是電視畢竟是電視，沒有什麼特殊攝影是變不出來的，加上攝影棚裡的人全都是暗樁，所以也沒什麼不可思議。換言之，電視無法將魔術的神奇傳達給觀眾，就像電視沒辦法把料理的美味表達出來一樣。不過，還是有很多人會產生電視將美味傳達出來了的錯覺。我常常懷疑，每當藝人大叫「好吃！」就知道那真的好吃的人，該不會也是特異功能人士吧？

70 | 100

希望人也可以加裝 ETC。

和汽車相關並讓我打從心底佩服「這個發明真是了不起」的，有安全氣囊、ABS系統，與引擎相關的則有電動汽化器，這些都是很久以前就有的發明。如果要以方便而言，最了不起的大概就是空調、汽車導航、ETC這三種了。不過這些厲害的技術，轉眼之間也成了基本配備。

一般而言，自動變速器也該登上排行榜，但我個人並不喜歡。

在我開始工作並結婚之後，拿到的第一筆獎金，幾乎全部都花在購買汽車空調上。當時我父親非常反對，他說：「一個年輕人怎麼過得那麼奢侈。」我則編了一個理由來反駁：「下雨的時候只要一開，玻璃上的霧氣就會散掉，比較安全。」。

ABS是一種煞車系統，比起汽車，更早使用於火車和飛機上，以前只要路面容易滑倒，別人都會告訴我要不停地踩煞車，自從配備了ABS系統，就沒有必要了。不過我只有第一次緊急煞車時，才為它的厲害興奮不已。

汽車導航倒是比我想像中的還要更早實現。這種誕生自美國兵器開發的技術，實在非常方便，不但不必看地圖，還能安心地去從未去過的地方，我也曾經遇到地震時當地停電，晚上的號誌燈和路牌一片漆黑，但因為有汽車導航，我仍然可以繼續開車而不迷路。但聞名的代價就是完全記不住路，少了汽車導航就哪裡也去不了，成了患有「導航成癮症」的駕駛。

ＥＴＣ也很了不起，但只能用在高速公路，實在可惜，如果停車場或是麥當勞的得來速也能使用該多好。

若人類能配備攜帶式ＥＴＣ，那就方便多了。搭電車時使用儲值卡雖然也很方便，但還是不夠全面，希望將來，人只要通過剪票口就能自動感應。手拿商品走出店外，系統就會針對該顧客自動扣款，這樣的系統不但方便，還能隨時捉到小偷。

最近儲值卡和電子錢包雖然已經做出類似的功能，但是規格不一，終究不像現金這麼萬用與便利。我想，現在使用者所追求的，就是愈來愈簡單、便捷吧！

71 | 100

我們高喊民主主義，但民主真的是主義嗎？

我常常納悶「主義」這個詞彙是否能套用在民主上。就我的語感而言，民主政治應該不算是主義，畢竟那和共產主義、帝國主義之類的性質並不一樣。不過既然大家都這樣使用，那應該不會有人混淆才對。

北韓的國名是「朝鮮民主主義人民共和國」，其中包含了民主主義，照理說應該不是共產國家，可見名不符實，但在聯合國卻又不曾引發問題。難道國名是可以愛怎麼取就怎麼取的嗎？那日本是不是也可以改成「世界之友」、「地球第一」，或者「大不列顛」或「神聖羅馬帝國」呢？

最近的年輕人已經不太瞭解該如何區分左翼和右翼，其實那就像人的左腦和右腦，重視理論的人是左翼，重感情的人是右翼。這不是在開玩笑，是真的，仔細一想，的確很符合，這點實在很恐怖。

在我小時候，世界上存在著許多社會主義的國家與勢力，所以我打從心底害怕，萬一民主主義國家被掀起革命，成了社會主義國家該怎麼辦？就我小時候的印象，我認為共產黨是非常好戰的黨派，總是想透過武力發起革命，就像軍隊發動政變一樣，完全不會讓我聯想到和平。當時學校老師很多都是左翼分子，甚至有人大讚蘇聯與北韓才是理想國家。

不知不覺中，日本的共產黨開始轉向和平，當時的共產黨還叫做社會黨，是自民黨的反抗勢力。在我的印象中，社會黨不認同自衛隊，而且站在勞工這方，我父親雖然從未清楚表態，但他似乎很支持社會黨，而母親則應該是自民黨。

自從我成人以來，就一直投票給共產黨，卻也逐漸發覺現實和理想愈離愈遠。反對消費稅時，我也沒去投票。之後，每當選舉，我就一直思考到底該投給哪個政黨。

最近讓我感觸良多的是，所謂的「國家」，似乎早在不知不覺間，成了產業聯合工會了，「政府的功能是讓景氣復甦」，對此我實在不以為然。用這樣的動機來推動國家，真的好嗎？我認為，國政應該由其它更加獨立的機構來執行才對。民主主義縱然是現階段最好的體制，但缺點仍然很多，該如何彌補，是國民共同的課題。

我們不該用命令語氣強迫他人「關心政治」。

例如選舉的投票率，政府總是批判投票率低是國民出了問題，彷彿不關心政治是什麼窮凶惡極的大錯一樣，但這究竟錯在哪裡？

我認為，正因為社會安穩，人人幸福，專注在自己喜歡的事物上，才會導致投票率降低。相反地，若大家覺得再這樣下去就慘了，心裡惴惴不安，投票率自然會上升。如果投票率高達九成以上，肯定是異常，若低於一成，也是異常，落在三至七成，才算普遍情況。

群眾關心政治，真的會帶來好處嗎？畢竟群眾不見得每個人都知道是非對錯，多的是一窩蜂跟隨流行、被媒體煽動的人。何況投票時，多數人還是以自身利益為前提，比起社會、國家和未來，太多選民只要降低稅賦就笑得合不攏嘴。可見公平正義並不一定都能被伸張。

最近日本政壇祭出政見支票來網羅選民的情況，比以前更嚴重了。只要高喊降低消費稅，選票自然滾滾而來，這跟間接買票又有什麼兩樣呢？有些市長竟還真的因為保證降低市民稅而當選，這些只會耍技倆來討好選民的人，竟然也能成為政治人物。我認為，即使被怨懟，仍秉持信念與理想，才是政治人物的根本。就連日本的稅制也被選舉祭出的各種「國家大規模財務支出」，搞得非常複雜。日本之所以有那麼龐大的舉債，難道不是因為各式各樣的補助金、優惠措施所形成的一連串複雜的結果嗎？

每個人對政治的期待都不相同，有些人希望自己的生活可以輕鬆一點，我認為這樣的個人意願絕對沒有錯，相信的確有人以此為理由而投下一票。有些人認為自己的一票不可能改變國家，是的，我也完全贊同。我很清楚這種對政治失望的想法，他們並沒有錯。因此政府對著不去投票的人發難，完全是找錯對象。

順帶一提，一直以來我都會投票，而且是投給不會當選的那一方，因為我希望候選人知道，不是所有人都會被牽著鼻子走。

73 | 100

文學已經小眾化，甚至成了人們口中的興趣。

過去，登上暢銷排行榜的書，都能賣出幾百萬冊，所有人都收看同樣的電視節目和電影，藝人和歌手的名字也不外乎共同的幾個。從大眾的角度來看，這樣的現象自然源自於選項太少。每年登上新聞的日本文學重要獎項——芥川獎與直木獎，也是當時留下來的遺跡。

如今，只要賣超過三萬冊，就能登上暢銷排行榜，CD更是幾千張就能攻頂，電視節目的收視率也愈來愈低迷，新的電影更是令人懷疑是否真的有人前去觀賞。

這就如同「閱讀」在我小時候不能算是「興趣」一樣，因為所有人都會閱讀，就像「散步」、「整修庭園」或「洗車」般理所當然。當時，「看電影」也不被認為是嗜好，或許再過不久，「看電視」和「看新聞」，都會成為大家口中的興趣吧。

其實，真正閱讀的人口大概不到一成，每個月讀一本書以上的人，大概每百人中只有一個。經常讀小說的人，在百人中更是找不到一個。這還算多估了，老實說，我認為一千個人裡頭，應該只有一到兩個經常讀小說。

為了和讀過同一本小說的人交流而閱讀的人，恐怕一萬人裡頭只有一到兩個，這機率比找到鋼彈的同好還要困難，比遇上去過漫畫博覽會的人，還要低了幾十倍。

文學界就是由這些小眾的粉絲支撐著，但其中大半的人，又會選擇去圖書館，或者向二手書店買書，書市自然愈來愈不景氣，這也促使電子化成為未來的趨勢。那些堅持「紙本書的地位難以動搖」的人，我同時也很好奇他們是不是每次都使用現金購買車票。

雖然我的電子書賣得愈來愈好，但因為我已經是退休作家了，所以也懶得注意到底賣出了多少冊，我只看總共能得到多少錢。我認為，這種以賣出冊數來支付版稅的體制，多少有漏洞，畢竟實際賣了多少，作者並不知道，要多少冊數出版社都能作假，因此我會針對作品訂定契約，並販賣出版權。

小眾不代表不好，像我就特別喜歡冷門事物，因為我相信，冷門才更容易創新。

為何不說星期日廚師？

「星期日木匠」是我自小耳熟能詳的詞彙，這個字的意思是指一般人只在假日做木工，當作消遣。由於我老家經營建築業，因此家裡總是堆滿了剩餘的材料，道具也一應俱全，加上我又看過木匠工作的模樣，因此從小學開始，我就依樣畫葫蘆。小學四年級時，我曾經一個人趁著暑假，在院子裡蓋了棟小木屋，住進裡頭渡假。

父母稱我這個小學生為「星期日木匠」，但我總覺得納悶，我心想，難道小孩也能當星期日木匠嗎？不是應該先變成星期日大人嗎？心裡總覺得不可思議。

仔細一想，還真沒聽過星期日廚師、星期日技師、星期日園丁、星期日農民、星期日漁夫、星期日樵夫……等。

其實「星期日」強調的是「業餘」、「興趣」，而不一定得在星期日做。不過，由於業餘的縮寫，聽起來跟日文「膚淺」的發音一樣，因此通常只用於負面意義。像我就擁有業餘無線電技師的執照，這是我還是小學生的時候參加國家考試得到的，可惜從未聽過有人說「星期日無線電技師」。

不知不覺中，「DIY」這個詞彙造成一股風潮，與「星期日木匠」分庭抗禮。儘管沒接觸過的人可能不曾聽過，但這個字其實已經相當普及了。翻成中文就是「自己動手做」，那說成「自己做」不就好了嗎？但這樣又會和「Self build」混淆，不易區分。

英國人自古以來不分男女，都會在家庭做些木工，即使是家庭主婦，也會拿起釘子和鐵鎚修理家具。他們特別尊敬能修理或製作機械的人，不愧是掀起工業革命的國家。

日本的現代科技幾乎都是從國外迅速傳入的，因此除了歷史悠久的木工以外，只有專家才會組織機械、打造金屬，而幾乎沒有業餘同好。這樣的環境，也縮限了產業的潛力與可能性。

不過話說回來，星期日作家應該為數不少，寫小說自娛明明也是一種DIY，但為什麼沒人這麼說呢？

75 | 100

製作刊物的目的，大概就像舉辦聯歡晚會一樣吧！

我熱愛兜風，從少年時代起開車就是我的興趣之一，所以我加入了日本汽車聯盟ＪＡＦ，一旦車子故障，ＪＡＦ就能協助我善後，因此也可以說是一種保險機制。所幸至今為止我從未受他們關照，但為了安心，我還是持續參加，心裡也覺得踏實不少。

話說回來，這個ＪＡＦ會在每月或隔月寄送刊物。儘管這麼說對那些期待刊物的人很抱歉，但這對我而言形同雞肋。

大學時我也辦過類似的刊物，我被推舉為工學院宣傳誌編輯委員會的委員，當時製作的雜誌，必須刊登教授和行政人員的散文和聯絡事項。但我認為這一點幫助也沒有。

許多組織都會製作自己的雜誌，例如《○○快訊》，但「快訊」在資訊傳遞的速度上畢竟比不上網路，現在只要透過網路，點開電子郵件群組，就能在當天將資訊配送出去，因此我認為快訊的任務也該終結了。再來就是彼此聯絡情感用的文章，有人想寫倒是無所謂，可是寫出來的東西大家卻不想看，畢竟內容淡而無味。有句話說：「知無不言，言無不盡」，那些想表達心情的人寫的文章，就像流水帳一樣，毫無深度。職業作家往往會小心避免上述情況，但由門外漢來寫，很遺憾的，的確是毫不吸引人。

然而，還是得有人去編輯這些文章，占用部分工作時間，並花錢印刷。在我看來，把精力耗費在這些東西上，一點也不合理，完全違背了「節能」概念，應該二話不說立刻取消。

一說要取消，上了年紀的人和上頭的長官又要嚴加反對了。老實說，如果真的那麼想做，就讓贊成的人自己花時間、金錢與勞力去做不就得了嗎？畢竟就是這些人有話想說、想寫文章刊登出來不是嗎？

根據我的觀察，或許是經營不善，或許是網路普及，最近這類雜誌、快訊已經愈來愈少了。三十年前我就提出的意見，如今終於慢慢被社會認同。其實就連同學會雜誌、社區雜誌，反對的聲浪都應該高一點，但就是沒人敢說。我曾經反對過，但被上頭的人訓了一頓。這段恩怨情仇，促使我至今仍然三不五時大書特書，告訴他們：我反對！

76 | 100

人們常忘記組織的壽命更短暫。

如今這個時代，企業再大都有可能倒閉，與之相比，現代人愈活愈長壽，企業永續經營、與個人休戚與共的願景，早已不復存在。終生僱用制，畢竟僅限於該公司存在的前提下，保險業宣傳的「終生保障」，其實也意味著僅在公司倒閉之前提供保障。

說到保險，有一種專出葬儀費用的方案，它與一般的生命保險不同，只支付喪葬費用。根據保險公司的宣傳，舉凡喪葬儀式所有的花費，包含伙食費，都能全數支付，上限為一百萬。但是現在真的有那麼便宜的葬禮嗎？

即使是七十歲的老人，活到百歲的可能性也不低，因此得持續支付三十年，但保險公司真的可以存活那麼久嗎？我非常懷疑。如果經營不善而倒閉，被其它公司收購，能討回的金額便很可能縮水。因此，即使保險公司保證保費絕不變貴，將來能得到的回饋也有很高的機率會下滑。

雜誌社請我連載文章時，若要連載一年，通常我不會有特別的想法，若說要連載兩年，我就有點擔心了。之前曾有雜誌社拜託我連載四年，結果只出刊一年就倒閉。因此，在我接洽這些工作時，通常會告訴對方：「只要我還活著，我不會遲交稿件，也不會寫到一半落跑。但是貴社可以存活這麼久嗎？」通常總編只把我的話當作玩笑，一笑置之，但我已經遇過兩家雜誌停止營運了。雖然目前為止我還沒經歷過出版社倒閉，但今後誰說得準呢？總覺得相當危險。

不過，連載能拿到稿費，版稅也會在書本印刷後入帳，因此即使雜誌休刊、出版社倒閉，作家也不會有太大的損失，反而對和出版社借錢的作家而言比較有利。話說回來，為什麼雜誌倒閉要叫做「休刊」呢？橫看豎看，那都不像是在休息啊！

當然，我也不相信所謂的「退休金」。這種制度的目的，只是要讓政府確實收到高額的稅款罷了。因此我想，不如把國民年金想成福利稅。畢竟繳稅就是貢獻社會，經濟寬裕者，有義務與榮幸去繳納龐大的稅金。

最後，別忘了時時提醒自己，收支已經結算完畢，這樣才有益於精神健康。

我一點也不瞭解法律的構成。

我不是要抱怨法律。藉由法律，社會得以保持和平，弱者能受到庇護，壞蛋也不能在光天化日之下危害他人，這些都很好。

我想說的是，買東西時，包裝盒上不是會寫出注意事項嗎？每次要更新軟體時，螢幕上也會跳出一頁頁密密麻麻的條文，如果不按「確定」，就無法安裝。其實這都是為了防範消費者在「不知情的情況下使用」所設計的。就像在契約書上畫押，等於承認上頭寫的所有內容。

至於法律，小學時不但學校沒教，也沒有規定我們要事前蓋印章畫押，而且三不五時就要修改。即使聽說條文變更，也沒有權力說「我只承認修改前的法律」，所有人都得被迫接受新版本。

所以，有時廠商依據舊有的法律兜售商品，所有企劃都設計好了，卻因為法律條文修正，而必須更改原先的計畫。仔細一想，其實這很不可思議，但法律就是這樣超越一切的存在，想用「我沒聽說過那回事」來打發，可萬萬行不通。就像法律規定不能殺人，但若有人不知殺人會受到哪些罰則而殺了人，同樣會被定罪。

當然，寫下密密麻麻的注意事項，讓消費者知情，是廠商的義務，這在法律上也有明文規定。（是吧？）

生在日本的人，一出生就要遵守日本的法律，法律上並無說明如果不願意怎麼辦，因此沒有選擇權。說到底，人被生下來，事前也無法承諾自己出生後必須履行哪些條件。

人類竟然能創造出法律這麼了不起的系統。在我看來，法律就如同神明的附體，早已超越個人承認與否的範疇了。

反過來說，即使人民不瞭解法律，法律同樣能讓社會運轉，這點讓我相當佩服。更令我驚訝的是，不顧法律規定、擅做主張的人也沒有想像中的多，明明人有千百種，卻能統一依附在社會組織之下，真是奇蹟啊！

我得到了政府的補助津貼，但這筆錢不是該用在其它更重要的地方嗎？

政府的補助津貼，其實非常多。

由於我家玄關前的階梯會淋到雨，冬天若結冰會很危險，因此我們家幾乎不走玄關，而是從別的出入口進屋。可是玄關就這樣放著實在可惜，於是我決定蓋一個大遮雨棚，把玄關的樓梯遮擋起來。工程發包後，施工人員告訴我，到區公所申請就能獲得補助，於是我寫好資料，帶到區公所，立刻拿到了現金，金額約占總工程費用的三分之一，我嚇了一跳，原來可以得到這麼多啊！究竟這些錢是為了什麼目的才撥下來的？

我猜，大概不外乎藉由補助增加民眾施工的意願，讓建築產業活絡起來吧！但我其實壓根不知道有這樣的補助，何況就算有了補助，民眾真的就會比較願意施工嗎？

話說回來，購買電動車也有補助津貼，之前的一些電子產品也有補助。就我而言，如果有那些多餘的閒錢，還不如減輕財政赤字，把負債還一還比較好。難道這樣的想法不對嗎？

可以想見，這其中必定包含了政治考量，只要是不鼓勵的項目，政府就提高稅金以降低民眾意願，例如香菸稅不斷調高了；相反地，針對獎勵項目，政府就祭出免稅、補助款、津貼等優惠。我認為這樣並沒有不好，可是一旦申請的人增加，資料變多，一切就會複雜許多，也難保沒有人濫用。所以我希望這種地方性的政策可以廢除，改用更簡潔的方式來應對。

便利商店常常推出各式各樣的集點活動；機票費用、旅館住宿費也有數不清的折扣制度。如此複雜的折扣與促銷，給人一種「不透明」的感覺。

以前申報所得稅，我都會自己計算，不過那也是十五年以前的事情了。後來因為太複雜加上嫌麻煩，就交給會計師處理，結果總是比我自己算的還要便宜幾萬元，大概是因為其中有一些我不知道的免稅條款吧！我敢肯定當我向稅賦署申報時，工作人員一定不會告訴我「你多算了喔！應該更少一點」，而會將錯就錯、多收稅金。同樣的，如果弄錯規定而少繳稅，卻會被提「漏稅」。

唉，不管了，到底是誰把制度變得那麼複雜的？

79 | 100

教育不會剝奪個性。

有人主張罵小孩會讓孩子變憂鬱，但我完全不這麼認為。我自己就是在嚴格教育下長大的，我對孩子同樣嚴厲，孩子的個性還是很開朗。我養過幾隻狗，就我的觀察來看，不論打罵與否，性格都是一生下來就決定的。

就養狗而言，從小嚴加訓斥，偶爾打罵訓練，狗狗的確會變得比較聰明伶俐，而開朗、愛玩的個性幾乎不受影響。相反的，若使用寵溺、不打罵的方式，在狗狗還小的時候（約三歲以前）確實還很聽話（畢竟動物年幼時大多是友善的），可是等到有些歲數了，那些不曾被嚴格懲罰過的狗狗，就會開始調皮搗蛋，三不五時讓主人頭痛不已。

這點或許人也一樣，被溺愛長大的孩子，雖然小時候乖巧，卻不難想像長大會出問題。

為人母親者很少會真的對孩子生氣，即使孩子做了壞事、不聽話、愛哭，身為母親還是會覺得自己的孩子最可愛而原諒他，這就是母性。但若父親也和母親一樣寵愛孩子，在我看來萬萬不可，否則孩子的人格發展將容易不健全。

大人責罵小孩，是為了讓孩子學會「警惕」。只要身為人，總有一天必須面臨更大的恐懼與警惕，因此與其讓孩子一無所知，不如事先教導他。

至於現在吵得沸沸揚揚的體罰，我認為趁孩子年紀尚幼、連話都還講不好時，用冷靜的態度，斟酌力道，打打屁股是可行的。在孩子還會害怕的時候教導，效果最好。這樣等孩子長大後，就不必再花那麼大的力氣處罰他們。打罵孩子時，大人一定要冷靜，力道要拿捏好，罵人時絕對不能生氣，如果動怒，那就不能算是教育，而是單純的行使暴力了。

等到孩子把話學好了，再用言語教導他們。孩子之所以聽父母的話，是因為孩子在學語言前，就已經知道「害怕」了。至少我自己就是用這樣的方式教育我的兩個孩子，我只有在三歲以前會打他們，之後就用說的教育。等到上了國中進入青少年時期，就連罵也不罵了。

不能體罰的規定是何時開始的？是順其自然嗎？

在我讀國中和高中的時候，不論在班上或社團，被老師和學長揍可說是家常便飯。當然，打我的人自己也有問題，所以不能肯定那是體罰。但我認為，小孩姑且不論，長大後若還被打就不行了，因為對被揍的人而言，等同於施暴。小孩之所以不論，是因為那是父母、老師的責任。因此我認為現代老師之所以被滿腹怨恨地投訴「那是體罰！」肯定還有其它的因素。

以前大家也都很理所當然地抽菸，有客人來訪，即使家裡不抽菸，也要準備菸灰缸，否則就是有失禮數。不知不覺間，抽菸開始被責難，成了壞事，或許有一天喝酒也會變成這樣。

看看以前的青春校園劇，熱血教師無不用體罰來解決問題，不分青紅皂白先揍一頓，有什麼理由之後再說。而那些怕得發抖的學生，就會摀著被揍得紅腫的臉頰流下眼淚。該怎麼說呢？這就像是用空中轟炸殺了一堆平民百姓、破壞房屋街道後，再來訴求和平一樣。我知道這樣寫令人不快，但這樣的作法並非在所有的情況下都是錯的，所以是否該受到譴責，尚難定論。

現在電視上已經愈來愈難看到西部電影了，在我小時候，洋片有半數以上都是牛仔片，多得數不清，孩子們也習慣在腰上插一把玩具手槍，學校附近的文具店也會賣鋼珠BB彈，學生也經常去買。每次槍戰後，大家就會一起把子彈找回來，但是彈量還是愈來愈少。

西部電影種類繁多，有的是印第安人（美國西部原住民當時的俗稱）突襲馬車或火車，牛仔出面迎戰、彼此決鬥，有的則是充滿中南美洲氛圍的義式西部電影。電影中常會出現「拔槍對決」的場景，規則是在敵人拔槍後立刻拔槍，並搶在敵人之前發射子彈。拔槍對決屬於正當防衛，由於很難判斷對方是否要射殺自己，因此一旦察覺對方來不及動作，就要先發制人，即使射殺對方，也是合法的。當然，敵人也有可能只是單純的威嚇。

話雖如此，以槍對決的英雄已經愈來愈少了，如今的好萊塢電影，都以毆鬥、肉搏為主流。如果壞蛋活該被揍，那跟體罰又有什麼兩樣呢？

要教導自由，就要先統治。

假使要教小狗自由有多快樂，那麼放任小狗做任何事，讓牠去所有想去的地方，小狗是不會瞭解什麼是自由的。人類的孩子也一樣，如果告訴他「你可以做任何你喜歡的事」、「你想到什麼都可以做」，孩子就不會體會到自由的可貴。

自由，是一種從統治狀態下被解放的快感，近年來許多父母認為孩子本身感覺不到自由不要緊，只要從父母角度看來很自由就夠了，這代表大人心中有一道理想的孩童範本，他們把這些範本強加在孩子身上，而這其實只是大人的個人主張，或者該說是自我滿足。孩子在不識自由的情況下長大成人，便有很高的機率對身邊所有的一切事物反彈，成為一個凡事怨懟、忿忿不平的人。

那麼到底該怎麼教才好呢？方法在於大人必須嚴加控管，教導孩子知道哪些該做，哪些不能做，並且強制要求，如果不遵守，就給予懲罰，這就是統治。所有人都討厭被罰，而罰人的那方往往更不好受，但為人父母就是得忍耐。

孩子不想被罰，所以會乖乖聽話，這麼一來，某天只要告訴他「今天讓你自由」，孩子就能體會到解放感，以往被禁止的事情，如今可以自行負起責任來做，這份自由，會讓人類感到無比快樂。正因為解放，才能理解自由。

受這樣教育的孩子長大成人後，會對所有的自由感到滿足，在與社會和他人的關係上，也會懂得忍讓。因為他們知道，一時的屈就，之後才能夠享有更多的自由。

讓孩子自由成長，並不是給予孩子自由，實則是讓父母自由，它代表的真實意義，是無法讓孩子學會自由的，這點一定要特別注意。

父母當然都想看到孩子的笑容，這是父母的權利之一，但我認為，偶爾扮黑臉，忍耐下來，才是真正的愛。一味溺愛的人，應該要反省自己根本不夠愛孩子。不只小孩，對待寵物，甚至自己，也是一樣的。

82 | 100

保持中立。

我有兩個孩子，但我只有養，在教育上分擔更多的是我的太太。我對孩子最注重的，是希望他們在對任何事情都保持中立的情況下長大成人。孩子的想法、生活方式、志向、興趣，很容易受到父母的影響，因此我盡量不干涉他們，我想告訴他們「凡事沒有最好」，包括宗教、政治也一樣。我希望他們長大成人後，自己去思考，而不希望從小拍板定案，這是我父母親身教導我的，而我也一路貫徹而來。

可是看看社會，卻不是這個樣子。父母將自己的興趣強加於孩子，就連思考方式、生活習慣、工作類型……等都要一家人「團結一致」，彷彿這樣的型態才是社會的主流。

然而，社會終於開始反彈，提倡「讓孩子自由」，但一面高喊自由，一面又要求孩子顧及父母，這和我所認知的自由實在大不相同。

我對孩子的管教十分嚴苛，他們小時候沒有自由，我不准他們買電動遊戲，也沒帶他們去過遊樂園，也沒讓他們學才藝，我認為這些樂趣，應該由他們自己的力量去爭取。

等到孩子上了國中，開始懂事了，我便告訴他們有想買的東西就說出來，大概一年會有一次，有時是樂器、有時是電腦，當然，一旦提出我會立刻買給他們。

長大了就會擁有自由，這份自由，意味著必須由自己決定、自己準備、自己實行。因此，我不會帶他們去旅行，如果想去，他們可以自己去。孩子準備大考的那一年，我和太太自己去了迪士尼樂園玩，孩子則留在家裡。我想他們一定很想趕快長大，玩個痛快吧！

是的，孩子沒有自由，因此孩子會以自由為目標，學著成熟懂事；會以自由為目標，努力唸書。大人的職責只是在金錢上支持他們，給予中立的知識，保護他們的生命。當他們展翅翱翔時，父母的使命就是徹底放開雙手。等到孩子翅膀硬了，他們便會成為真正的家人，不是父母和孩子的上下關係，而是人與人之間平等的關係。

83 | 100

和平社會。只是偶然，只是一時。

我生活在和平的時代，如同現在看這本書的人一樣，絕大多數的國民都追求和平安逸的社會，這是人之常情。人總是希望「至少自己生活的環境和平安穩」，有時我也會無意識這麼想，但我希望大家至少要為下一代的環境擔憂，因此會時不時修正自己的想法。

例如，核能發電廠已經在這世界上引起了多起嚴重事故，大規模的有蘇聯、美國、日本這三次，其它一定還有更多小規模意外。因此我希望往後大家能針對安全多投注一些資金。

比那更危險的，還有核彈。儘管近年來，核彈除了實驗以外並未被使用，但我肯定，在不久的將來，某地一定會有核彈爆發。我曾經被問過為什麼這麼悲觀，原因是——我找不到樂觀的理由。核彈的技術並沒有想像中複雜，甚至可以說只憑個人也能做出來，這個世界上堆積著那麼多炸彈，今後也會有其它勢力相繼製作，卻沒有人可以阻止。一旦軍事較勁處於劣勢，難保不會有國家使用核彈起死回生。

唯有核彈真的爆炸，大家才會真正開始反省如何具體阻止悲劇再度發生。

「只要惡夢不實現，就不為所動」，這就是社會。

如果核彈奇蹟似地沒被發射，社會也愈來愈富庶，那麼戰爭理應愈來愈少，總體而言，確實有這樣的可能性，但難保能源與糧食不會成為另一個的瓶頸。糧食終究要依靠能源才能創造出來，因此兩者可說是平衡關係。人們會爭奪能源，因此維持和平的方法，就是開發出新的能源，如今科學家正在往海底深處挖掘，但我認為比起海底能源，人類暫時都還得依靠核能。換句話說，為了維持和平，核能是必要的，如此想法並沒有錯，而這正是困難所在。

無論如何，現今的和平社會仍是建立在貧困與戰爭之上，「只顧著自己好就好」的想法非常危險，這就像被低估了致災程度的核能設備與海嘯防波堤一樣，奉勸大家還是提早採取必要措施，以防萬一。

謝幕

森教授的視野
為思考創造「趣味」

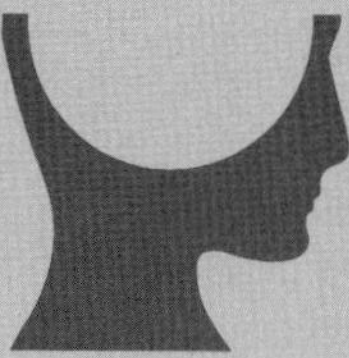

終於瞭解不工作多麼有益健康。

在我年紀尚輕、還在大學任教時，即使生病也會強迫自己去學校。研究室冬暖夏涼，加上工作都是坐著，不太起來走動，所以我想身體也能得到休息，可是一坐上椅子，看向電腦螢幕，腦袋就轉個不停，整個人陷入工作模式無法自拔，動腦的疲累感反倒令我難以招架。

那時有很多會議需要參加，無法專心研究，我這才體會到工作的嚴峻以及勞動的辛苦。

當上作家後，我繼續保持相同的生活習慣。寫文章並不會讓我特別苦惱，因此就算健康狀況不好，我也沒有停止寫作。即使不能從事自己的興趣，我也堅持要寫；即使身體沉重、頭痛欲裂，我也沒有放下筆桿。唯有為了出版而校對稿子這件事情使我傷透腦筋，不但討厭，還成了我的壓力來源。

許多人在部落格和社群網站上討論「據說森博嗣一小時可以寫六千字，我連看著文章打字，也沒這麼快。」這是當然的，我如果看著文章照樣打字，也只能輸出四千字左右，畢竟閱讀也需要時間。寫作是自己書寫文章，只要盯著著螢幕就行，甚至不看也不要緊，所以速度很快。但這樣的寫作方式很難長時間維持，畢竟手會疲勞。我雖然每天只撥一小時寫小說，但若那一小時全部用來敲鍵盤，不出幾日手腕就會疼痛不堪。

最近退休後工作量銳減，我整個人也跟著輕鬆愉快了起來，我不再感冒，不再腹瀉，肩膀痠痛和頭痛也不藥而癒了。我從年輕時一直為肩膀痠痛和頭痛所苦，孩提時代則是腸胃不佳，如今一閒下來，症狀都消失了，證明壓力是導致這些病情的原因。

現在我最注重的，就是讓自己從事喜歡的活動時不要廢寢忘食。我很容易愈做愈起勁，所以得替自己踩煞車。我訂出每天的進度，規定自己不能超過，然後嚴格遵守。

由於我隨時都做好死亡的覺悟，因此自從成年後的三十五年來，從未去過醫院看診。進入現在的生活模式後，我曾經兩度因為不明疾病而倒下三天，當時十分痛苦，甚至以為自己即將離世，沒想到後來逐漸痊癒。除此之外，我並沒有受到任何嚴重的疾病傷害，也沒有一病不起，真是不幸中的大幸。

85 | 100

森博嗣的個性變圓融了？

可能有些老粉絲看了我最近寫的新書，會有這樣的感覺。我也自認最近脾氣好了不少，但是仔細一想，其實那都是錯覺。

不是我變圓融，而是我周圍的人事物，對我更加寬容。我變得很少不耐煩、也變得極少抱怨。因此我想針對周遭的改變稍微談一談。

首先最主要的因素，不外乎我討厭的東西遠離我了。我擺脫了那些為了工作而不得不共事的人，以及不合理的進度需求，再也不必與他們扯上關係。我想，同樣的情況在某處一定仍重複發生。但如今，那些事情已經不在我面前上演，因此我不必生氣，也不必再書寫他們。

再來就是這十幾年來，有些情況實際獲得了改善。以前我寫過不少狀況，但現在那些問題都被修正了，像是：郵局和銀行的接待應對、電話推銷、宅急便的精確度、網路拍賣的形式等等，最近我已經不再需要抱怨它們。就個人發言方面，以前社會上充斥著許多狗屁倒灶的謬論，現在只要一說出來，立刻就被罵翻天，所以大家也變得愈來愈謹慎，知道說話要小心一點。

就我身邊而言，老婆大人（刻意用敬稱）以往對我的諸多任性總是頗為不滿，但她似乎知道我當上作家後能以此為賣點，便不太向我抱怨了，實在可喜可賀。「你這個人說話實在很奇怪，但是算了，大概當作家就是要性情古怪吧！」看來她不是理解我，而是發現竟然有額外的附加價值。

以往我寫起部落格總是盛氣凌人，寫書也只是為了服務我原本的小說粉絲。現在我寫新書，會為了沒讀過我小說的讀者而寫（比例約占一半）。當寫書的立場不同，題材、態度自然會跟著轉變，若做不到這點，作者的程度肯定不太好。

當然，作家本身也會不斷改變。雖然對從以前就喜歡我的作品的讀者感到抱歉，但我想，我會一直為新的讀者服務下去的！（新讀者約占一半再多一點）

為何稱呼我為思想家？

我的散文集被分類為哲學書，有些人也以思想家來介紹森博嗣。雖然我並不在意他人怎麼看待我，不過針對這件事，我想寫下一些我自己的想法。

首先，我對於哲學究竟是怎樣一門學問，可說一竅不通。我讀過許多御茶水女子大學土屋賢二[9]教授的書，其中包含不少幽默有趣的散文集，以及哲學專業領域著作，而這些就是我涉獵過的所有哲學相關書目了。直到現在，我仍然無法掌握何謂哲學。

我也不知道思想家究竟是指什麼樣的人，像我就舉不出任何一位思想家的名字。當然，我也沒讀過思想家的書。因此我要如何書寫思想？又要寫些什麼？

「〇〇家」比起「〇〇者」聽起來更專業，就像比起作者，稱為作家感覺更受尊敬。在日本，我們很少聽到藝術者、音樂者、建築者，相對的，也沒人說編輯家、業務家。我猜，那是因為前者一旦成為專業，即代表其具有相應的身價，而後者不論專業或業餘，評價都要由當事人的工作結果而定，因此才不需要在職業名稱灌上響亮的名號吧！

小說家，就是寫小說兜售的職業，那麼思想家，是否也是兜售思想的職業呢？我對思想兩字始終不太理解，也從未聽過「去思想」這樣的動詞，因此我不知道該如何「思想」。如果只要思考、想像就算思想，那們人人都能思想，可是卻沒聽過有人說「思想者」。

或許，我們可以稱呼「告訴大家該如何思考，啟蒙群眾的人」為思想家，但這其實很接近宗教家。對於相信宗教的人而言，宗教有神、佛以及經典，而思想卻沒有，有的只是理想化的主義及主張。我沒有讀過思想，因此不清楚內容，對它們也絲毫沒有興趣。

我從未有過將自我思想推廣開來的想法，我只是提出「雖然很少，但是還是有人這樣想」的疑慮，好讓大家理解「並不是所有人都抱持相同的想法」，謹此而已。

9——日本哲學家，專門研究希臘哲學與分析哲學。

大家常說我的作品有印度風，但我對印度一無所知。

很少有人說我的小說風格像其它作家，只有某位名人較常被拿來比較，這讓我感到十分光榮，一點也不覺得不舒服。遺憾的是，我從未讀過他的著作，因此每每聽到別人這麼說，我只覺得「這樣啊」，而無法多做評論。我不會因為風格相似等理由而特地拜讀對方的作品，事實上，就連我自己的小說，出版後我也再也沒有讀過（修改版本時，倒是有校對過一次）。

最近我除了寫小說，也愈來愈常創作散文，而散文也賣得愈來愈好。因為我知道有些人愛看散文勝過小說（在寫小說以前，我一直以為散文的銷售量比較好，直到我出道後才發現都是誤會一場）。

我的讀者經常告訴我，我的散文充滿了印度思想，但我從未接觸過印度思想，對其內容也一無所知。不僅印度，我也不曾涉獵過中國、日本、西洋各國的思想，我鮮少讀哲學，手邊也沒有「〇〇思想」的書，頂多就是高中讀中文時，稍微碰過一點老子和莊子的皮毛，我想這應該算是思想。

我去過印度，可是要我舉出印度的人名，我只說得出甘地。但甘地究竟是何許人也，詳情我並不清楚，我只會畫他的肖像畫而已。

印度有大吉嶺喜瑪拉雅鐵路，以及我很喜歡的大吉領蒸氣火車，我有好幾座這種蒸氣火車的模型，但現在即使去到印度也看不見它了。英國倒是保存了同款型號，直到現在也仍在行駛，大概是因為印度以前被英國占領過吧！至於大吉領則是紅茶的產地。

印度近年來愈來愈發達了，跟以往相比，國力強盛許多，我也認識好幾名印度留學生（雖然我只和技術相關的人接觸過），從他們身上，我感受到一股比中國、韓國還要陌生而遙遠的文化。

我還會和兩名印度人互通電子郵件。其中一位是模型設計師，每次他希望我買他的新作品時，就會寫信給我。模型的價格很便宜，成品也不錯，所以我買過好幾次，但常常在我下訂後遲遲沒有消息，說是「下個月送來」，結果我等了大半年也還沒收到。不能刷卡也讓挺我頭痛，還得特地去郵局匯款。希望印度和日本之間的距離可以再近一點啊！

最近我的著作常出現在考題裡，但應該還有其他更好用的題材吧？

這兩年，我的作品開始出現在學校的入學考試裡，雖然十幾年前也有出現過，但最近的次數高達百次，和以往差距不小。

學校將文章用於考試時，並不需要事前得到許可（因為考題是機密），校方可以擅自使用，直到事後再向作者知會（其實不告知應該也不要緊）。不過，由於近年來學校幾乎都會在事後公佈考試題目，因此若要公開，就得取得作者的允諾，並支付著作權使用費，如果作者不答應，就不能公開，也無法印刷。即使以免費發放的方式公布在網路上，也要得到作者的答應並支付使用費。

基本上只要使用於教育，我都會無條件答應。可是，若不收使用費，也容易引起其它作家的不滿，所以即使金額再小，我也會請學校支付款項，畢竟這就是社會對著作權的認知。

作者可以隨意訂定金額，我則是遵照日本藝文協會的規定來酌收費用。通常一件會收取一千或兩千元，若出成試題冊大量印刷，則收一萬元，金額雖不大，但湊到一百件也是一筆可觀的數目，光是一年就有五十萬元以上的收入，這種情況已經持續兩年了。

學校會將實際的考題寄給我，讓我確認作品被如何使用。用在國語考題的最多，其次是大學的小論文，但我幾乎不讀題目，一方面是我不善長解題，二方面是我也不打算找出答案。我只會匆匆一瞥，只要作品名稱和作者姓名正確就可以了。

我最近出了許多新書，不少都被使用於試題上（我出過的某本繪本也被用於入學測驗，算是比較奇特的例子），這些試題幾乎清一色摘錄我的散文，而非從我的小說引用章節。我猜，大概是因為我寫的文章正好符合國中生和高中生的程度，加上鮮少有專有名詞，也沒有政治色彩，這種中立的性質特別容易出成考題。

不知道是不是這個因素，原本我以為賣得比小說差的散文，最近作品數量逐漸多了起來，也有不少出版社邀請我寫散文。散文不像小說可以無中生有，光是構思，就要燒掉不少腦細胞啊！

89 | 100

常常有人問：「為什麼森博嗣的作品不影像化？」

瞭解我作品的人，通常不會問這個問題，反而是只接觸過一點的人，會疑惑「為什麼森博嗣的作品沒有影像化？」彷彿是我在拒絕影像化一樣。

以前我有提過，我並不排斥影像化。到目前為止，我有一部作品被拍成電影，一部被拍成電視劇（另有一部曾被電視節目介紹過，如今正在籌備拍成電視劇），兩部被改編成遊戲，另外還有五部被畫成漫畫（大概吧）。

除此之外，還有二十部左右曾被詢問是否能改編，我全都回答「歡迎」，但往往在途中，企劃就胎死腹中了。我自己並不會積極參與這些事務，因此即使要拍電影，我也完全「放任」工作人員規劃。例如我就沒有對押井守導演拍攝的《空中殺手》[10]說過半句話。因為我認為，即使原作是我，改編完就不再是我的作品。而我也會很想看看這些作品，畢竟接觸過內容，欣賞起來一定格外有趣。

追根究底，影像化過少的主要因素，還是在於創作時，我總是提醒自己要寫「無法影像化」的東西。在我對小說家的認知裡，小說就是這樣的東西。唯有拍攝成電視劇的《隱藏的機關》（カクレカラクリ）是例外，這部作品從下筆之前就確定會拍成連續劇，所以我是在知情的情況下完稿的，但就我個人來看，完成的作品仍不容易被影像化。

例如，有人問我為什麼《全部成為F》（すべてがFになる），不能拍成電影或動畫？原因很簡單，因為這部作品包含了只有小說能處理的禁忌層面。就連翻譯成韓文版時，韓國也因為儒家文化的影響，而先從這系列的第三作《不會笑的數學家》（笑わない数学者）著手，而非從頭開始翻譯（不過幾年後，韓國仍然推出了《全部成為F》的譯本）。

以商業而言，即使影像化，若非由具有一定聲望的人操刀，幾乎不會產生什麼影響力。所謂一定聲望，是指像押井守這樣的大導演。小說對我而言是一筆生意，因此我會判斷影像化後的商業效應，再決定是否接受邀約。

有些人認為，如果影像化品質不高，原作給人印象會變差，但總體而言，我不會去思考這個層面，因為我認為，原作絕不可能被拖累。

10——改編自森博嗣的小說《スカイ・クロラ》。

我小時候老愛看NHK。

森家的電視機轉台權，掌握在我父親的手裡。當時還沒有遙控器，只能「喀喀喀」地轉動電視機上的轉台鈕，我一直覺得那個轉台紐的握柄不管轉多少次，電路都不會斷掉，非常神奇。

在我小時候，家裡的電視只播NHK，以及NHK教育台，因為父母認為民營電視台不是給小孩子看的。我這樣寫，大家一定覺得我是個不食人間煙火的乖寶寶，其實這樣挺好的。

NHK的時代劇很精彩，西洋電影也很有趣，傍晚的玩偶劇場更是我的最愛，包括最近流行的療癒系吉祥物，其實早在五十年前就已經存在，只是不叫現在這個名稱。當時，不論銀行或家電廠商，都會設計各自不同的吉祥物玩偶，製作成存錢筒發放給大家。有時也能看見真人大小的布偶，可惜裡面塞了個大人，體型太大了，要陪孩子玩耍實在很困難。

NHK的人偶劇場《三隻小豬》在當時非常受到孩子喜愛，之後節目也紛紛仿效，推出一個個動物人偶。但是小朋友參觀攝影棚時，往往看到人偶實際的大小，就被嚇得一把鼻涕、一把眼淚。

「和媽媽一同」，在身為名古屋人的我聽來，意思就是「和媽媽一樣」，但正確的意思應該是「和母親一起」。雖然許多人都沒發現，但的確有一小群人，習慣將「一同」當作「一樣」來使用，並視其為標準話，例如「你和媽媽一同（指和媽媽的長相一樣）」。如果這裡的「一同」是together的意思，我會希望可以說成「我和媽媽同行」，這樣就不會被混淆了。

《神探可倫坡》[11]也是NHK招牌影集，我記得那是在我讀國中的時候播出的，即使隔天要考試，我也一定準時收看，因為當時還沒發明錄影功能，如果錯過了，可能一輩子再也看不見。可倫坡和發現美國新大陸的哥倫布同名，但似乎很少人注意到這件事。我想我一定是看了這部影集，才決定成為懸疑推理小說家。

當時我最喜歡的節目非《雷鳥》莫屬，那實在太精彩了，雖然是玩偶劇，但是動作栩栩如生，造型也非常帥氣，我也因此把它出的模型全部組完了。我一直以為那是美國製作的節目，後來才知道原來是英國製作的。英國還製作過《湯瑪士小火車》呢！

11——美國經典影集，由彼得．福克主演一位穿著棕色風衣，頂著一頭亂髮，叼著雪茄的重案組刑警。

我每天都要喝咖啡。

我非常喜歡喝咖啡，一天大約要喝三至六杯，而且不能一天沒有咖啡。這幾年來，我早餐習慣喝奶茶，因此第一杯咖啡會在十點左右品嚐。以往我會透過滴落式咖啡機沖泡，先把咖啡粉放入濾紙中，再讓熱水透過機器從上面滴滴答答地往下流，但因為沖泡起來相當耗時，只沖一人份不划算，所以我會一次泡三至四人份，再用保溫壺裝起來，可惜咖啡的風味往往隨時間下滑。另外，我習慣用豆子現磨咖啡粉，但若以咖啡粉的型態保存，咖啡香就會逐漸消失。

五年前左右，我買了膠囊咖啡機，膠囊裡裝著咖啡粉，每顆就是一杯的份量。泡咖啡時，密封的膠囊會在機器中被打開，讓熱水沖過，因此馬上就能泡好一杯咖啡，咖啡香也很濃郁，讓我幾乎找不到去咖啡廳的理由。

許多人以為咖啡傷胃，對身體不好，這種說法在幾年前甚囂塵上，大概是因為咖啡很苦，覺得對胃不好吧。可是，在我看來，加了砂糖和牛奶反而會對健康造成負擔，直接喝熱的黑咖啡，刺激反而較少。最近有研究數據顯示，一天喝四杯咖啡以上的人，罹癌機率顯著下降，能延年益壽，因此凡事還是不要太早蓋棺論定較好。

我小時候常常突然鬧肚子痛，身體也經常不舒服。長大後我開始喝咖啡，不但不會肚子痛，也沒有拉肚子。但我認為咖啡沒有提神的作用，雖然喝的時候的確可以放鬆。咖啡不甜，甚至很苦，無法大口暢飲，必須一點一滴地細細品嚐，但以結果而言我認為這樣很好。

若以放鬆的效果來看，我認為香菸對健康也很好，但菸容易一根接一根，所以還是戒掉的好。相較之下，咖啡我就沒辦法一天喝二十杯了，因為裡頭一半都是水，這讓我覺得挺慶幸，而且喝咖啡也不會造成周遭人的困擾，與酒比起來好處又多，或許稱之為「百藥之長」也不為過（不過還是太誇張了啦）。

順帶一提，有人曾經問過一個蠢問題：「森博嗣為什麼不把咖啡寫成『珈琲』？」因為咖啡就是咖啡，沒有理由嘛！

這幾年我已經不再使用現金了。

我已經一年左右沒帶過錢包了，因為我用現金的機會愈來愈少。但我想談的不是改用刷卡之類的高科技話題，我想說的是，我的生活習慣非常單純。

我透過網路，購買所有想要的東西，不是幾乎，是所有。我利用銀行轉帳，或是兩張信用卡來支付。信用卡的額度是一百五十萬元，由於我習慣累積兩個月而非一個月的帳單再繳納，因此有時會超過額度，得和第二張輪流使用。話說回來，有時網路拍賣光是下標，額度就會被暫時扣除，其實不太方便，我想我應該多利用金融簽帳卡。

在實際生活中，我幾乎不購買其它東西，由於我都和老婆大人（刻意用敬稱）一塊兒行動，所以都是由她付錢，例如汽車加油錢要用現金支付，所以我只有在載老婆大人時才會開進加油站，至於高速公路則是ＥＴＣ，所以也不必付現金。有時我雖然會和老婆大人一起出門，但會個別行動，例如我去家居建材館，她去超市，此時我就會得到幾千塊的零用錢，然後把錢塞入口袋裡購物，等到會合後，再把剩餘的錢和收據交給老婆大人。

因此，我漸漸不再使用錢包，出門也只攜帶駕照和手機。如果駕照可以輸入手機裡就更方便了。

每年我會去一次東京，有時去秋葉原挖寶，有時和人見面。所謂挖寶，是指挖壞掉的機器、廢棄的電路板等零件，雖然這在網路上也買得到，但是數量太少。至於和人見面，這幾年我會固定見兩三名作家、兩名漫畫家，至於編輯就比較少碰面了，但偶爾還是會聚一聚。一去東京，我就得帶上儲值卡以及搭計程車用的現金，所以我會攜帶錢包。許久沒用的錢包似乎硬了一點，厚實了一點，變得更沉重了呢！

以前我還會帶公事包，現在也不帶了。自從能用智慧型手機上網後，我也不再帶電腦，不再使用地圖與筆記本，連相機也不帶出門。去國外旅行，甚至也不拖行李箱了。

93 | 100

每次製作蒸氣小火車，我都會想到這些事。

從前年開始，我每天都會為製作蒸氣小火車趕一些進度，最近終於在這個冬天完成了。我在庭院裡鋪了鐵路，一個人讓火車跑了起來，雖然一直覺得哪裡會出紕漏，不過到目前為止還沒有出錯，狀況維持得很好，這輛火車重達八十公斤，大小是實物的六分之一，我在桌上做好後，竟然拿不起來，只好製作坡道，把鐵路從桌子一路鋪設到車庫裡。

蒸氣火車的原理，是藉由燃燒煤炭，讓鍋爐裡的水沸騰，產生蒸氣，以推動活塞來行走。這種機械結構相當老舊，現在也找不到蒸氣引擎了，幾乎都被汽油引擎類的發動機（內燃機）取代。發動機重量輕盈，產生的力量又強，連飛機都能靠它翱翔天際。

年輕人大多認為接下來是電子車和油電混合車的時代，現在家中的物品，也全部都是以電動馬達發動，例如冰箱、空調、電風扇、錄放影機等。那麼，電力又是如何產生的呢？其實就是透過燃燒石油與煤炭，推動蒸氣引擎來轉動發電機所產生的。因此，這所有的電器幾乎都能稱作蒸氣機關，只是藉由電力這道媒體，來傳遞能源而已。

在蒸氣火車還是鐵路主角的年代，沿線冒出的煙總是令人不堪其擾。通過隧道時，乘客必須將車窗緊閉，駕駛員則在幾乎窒息的環境下駕駛，這就跟發動機排出瓦斯廢氣一樣。

在我小時候，東京就如同現在的北京，因為即使把動力轉變為電力，發電廠產生的濃煙與廢氣仍然存在，只是地點變了。後來科學家逐漸研發出除去有害物質的技術，空氣恢復清新，水也變乾淨了。可以那麼快克服公害，實在遠遠超乎我的想像。

可是，由於人口爆炸，二氧化碳還是不斷上升，地球環境並未往好的方向發展，反而愈來愈不利人類生存。

燃燒煤炭並利用熱能來推動機器，代表能量轉換在現階段已經結束，過程十分有趣，同時這也是製作蒸氣小火車的魅力之一。另一項魅力在於所有的工程技術都能靠我自己完成。現在，能自己動手做、自己修理的機器已經不多了，例如電器設備和汽車，都很難靠自己修理了，對吧？

94 | 100

最近很想要有履帶的東西。

說到履帶，通常會讓人聯想到坦克或挖土機，但這兩個都不能在家庭使用。我喜歡汽車，買過保時捷、MINI COOPER、CINQUECENTO、BEAT 等各式各樣的車款，但每種都是四輪車。由於我沒開過三輪車，因此之前買了光岡汽車的零件組後，一直想組一輛梅塞施密特風[12]的三輪汽車，結果還是失敗了。

直到最近，我終於買了一台鏟雪用的小型推土機，實現了履帶的夢想。挖土機前方有個像彎曲屏風似的結構，透過這個就能將雪往前推，履帶是橡膠製的，開起來十分有趣，可惜只有下雪的日子用得著。

為了讓駕駛更有趣，我還想要一台挖土機，近年來又稱 backhoe。一般人常誤以為挖土機的怪手是面向前方的，但其實是面向後方，因此才有 backhoe 一詞。它不像推土機一樣用推的來挖土，而是用「勾」的，這樣就能挖到位置比自己低的泥土，因此挖起洞穴來很方便。

我在家裡的院子鋪了條小鐵路，由於總路線長達四百公尺，只有我一個人用鏟子挖土實在太累人了，因此想用挖土機動工，實施機械化。我沒有砂石車，只能靠鐵路或單輪車來運送，這個單輪車是指手推車，而不是小學生騎的單輪車，別弄混了。

說到弄混，以前KAOMATSU[13]曾推出一台碎岩施工重型車，因宣傳口號是「夏亞[14]專用機」而在網路上引發騷動，可惜它並不是夏亞專用色[15]。

我的一個鄰居老爺爺擁有一輛非常大的推土機，用的是輪子而非履帶，但光輪胎的直徑就有兩公尺。老爺爺是幫忙鏟雪的義工，但他明顯對駕駛很有興趣，即使夏天也會三不五時在自己的院子裡開推土機，聲音非常大，只要一啟動左鄰右舍立刻就會立刻聽見。

我告訴老婆大人我也想買那樣的推土機，結果被她警告「你把小火車全部賣掉就買得起了。」其實，我想只需賣掉一成就能買得起，但我還是乖乖閉嘴好了（老婆大人從不讀我的書，所以可以放心在這兒抱怨）。

12——德國戰鬥機製造商。
13——日本重化學工業產品製造公司。
14——日本動畫鋼彈系列的初代角色之一，音同「切斷機」。
15——夏亞駕駛的機器人顏色，一種略深的粉紅色。

小時候的我非常想做火箭。

讀小學的時候，我在院子裡蓋了棟小木屋，做了晶體管收音機和真空管收音機，取得業餘無線電執照後做了無限電基地台、一台與我等高的遙控機器人，以及協力車和室內遙控直昇機，但我最想做而沒有實現的，是火箭。

當時，我心想即使沒辦法飛向宇宙，至少也要飛一公里。但是，即使我讀了書，理解火箭的原理，也弄不到燃料，我曾經想去藥局買硝酸鉀和硫磺，大人問我原因後，把我罵了一頓。他們大概以為我要做炸藥吧，其實那的確算是炸藥，如今想來，如果我當時真的買到材料，一定受傷慘重。

後來我發現賽璐珞[16]非常容易燃燒，於是蒐集了破掉的乒乓球，把它扔到火裡實驗。我發現若塞進筒狀的容器裡點燃，就會產生類似火箭的效果。我認為這應該行得通，但要加工出能忍受其熱度的結構卻非常困難，即使焊接好了，銲錫也會因為承受不住熱度而融化。既然焊接沒有效果，就只能開孔鎖螺絲，但這樣引擎就會變重，總之一切進行得並不順利。

當時市面上有販賣一種為了喜愛科學的青少年所設計的模型火箭，名叫「Rocketty」大小約三公分，將固態燃料以火引燃，使之在金屬容器裡燃燒，模型火箭就會從單方向噴射出去，如此危險的東西，現在肯定不會賣給小孩了。曾經有個很有錢的朋友帶這個來飛給我看，如果只有火箭本身，連房子的屋頂都能衝破，但只要加裝其它東西，就會變重而飛不遠。

過了將近五十年，我最近終於在拍賣網站上買下這把火箭，但我還沒有實際點火試試，我只是很懷念地欣賞它。

裝在模型飛機上的火箭引擎從很久以前就有了，叫做脈衝引擎，這種引擎與研發飛彈息息相關，後來因日美安全保障條約[17]而改為無線電遙控，於是一直被禁止，直到最近解禁時，我才去看過實體。它的聲音非常響亮，連兩公里外都聽得見爆炸聲。點火後若不立刻發射，機體就會被燃燒殆盡，力量非常強大。我花了約三萬元買下這種引擎，當然，一次也沒有點過火。後來，噴射引擎在無線電遙控模型界逐漸實用化，直到如今幾乎再也看不到火箭引擎了。

16——一種合成樹脂的名稱，是乒乓球的材料。

17——美國與日本簽訂的互助條約，宣示兩國將共同維持並發展武力，以對抗武裝攻擊。

薪水就像零用錢。

唸小學時，父母會按照年級乘以百元的規則給我零用錢，因此讀五年級，就有五百元。五百元剛好可以買組合模型，或搭公車到百貨公司玩（這樣還有四百元可以買東西。）但我真正想要的還是一萬元左右的商品，所以根本買不起。大人告訴我可以慢慢存錢，但要存到一萬元必須花二十個月，等於要上了國中才能買。如果是遙控飛機的操縱桿，甚至要十萬元，存著存著，我就長大成人了，一切都太遲了。

小朋友還有一個收入管道，就是壓歲錢。我的親戚眾多，叔父、伯母加起來約二十人，因此可以得到不少甜頭，這將決定我一整年的預算，通常這時我會記帳（從正月開始），但都持續不了多久，因為帳款出入實在太少了，最後根本忘了那本帳冊的存在。

上了大學，我開始打工（主要是當家教），收入豐碩起來，於是就把從小想要的東西一件一件買下來。

研究所畢業後，我成了大學的助教，由大學支付薪水，金額相當於兼七份家教。以往我只兼兩份家教，所以薪水是學生時期的三．五倍。但我念研究所時，每月還能得到七萬元的獎學金，加上後來到大學任教，不必償還，因此若將這份獎學金納入計算，我工作後的薪水等於只提昇了三萬元，但若以零用錢的角度來看，是歷年最多，所以我還是高興得不得了。不過，同一時期我也結了婚，所以嚴格說起來經濟也算不上富裕。

從打工直到當上助教，我都不認為自己在工作，因此我把得到的錢視為零用錢。我可以不必為了考試而唸書，可以只鑽研自己喜歡的學科（也就是研究），讓我覺得輕鬆許多。

但由於我結婚有了自己的家庭，收支也就跟著複雜了起來。我用電腦寫了一個程式當作家庭收支帳本，分析電費與其他支出，並與前年同月的情形比較，擬定今後的策略，決定策略後，再由老婆大人（刻意用敬稱）實行。其實所謂策略，也只有「節約」一途而已。至於我只需負責記帳，過得挺悠閒的，這就是為什麼，我總是敬稱我太太為老婆大人的原因。

97 | 100

中華、涼麵，中華涼麵，中華、冷麵，中華冷麵？

在我只有二十歲出頭時，非常愛吃中華涼麵，甚至不惜千里迢迢尋找好吃的店家，可是到了三十幾歲，我卻覺得中華涼麵的美味已經到達瓶頸了，當然，那是我的問題，或許中華涼麵正在不斷進步，只是我並未感覺到它們超越了我的期待。

就連泡麵式涼麵以及便利商店涼麵，我都覺得嚐起來差異不大。我已經從第一線的中華涼麵美食家，變成一個沒有鑑別力的平民老百姓了。

我習慣把買回來的中華涼麵放進冰箱冷藏，卻總是忘記我有放進冰箱裡，直到我為了其它目的打開冰箱，才發現「唉呀，原來我有買中華涼麵。」順帶一提，我個人覺得不要冰比較好吃，有點微溫或不冷不熱，嚐起來口感也不錯，那種感覺大概就像沾麵吧！其實對喜歡美乃滋的人而言，涼麵只要加了美乃滋就很好吃，甚至不必冰起來，但我並沒有喜歡美乃滋到那種程度。我喜歡吃火腿和蛋，討厭蔬菜，不過小黃瓜倒是沒那麼排斥，從這個角度來看，中華涼麵都沒有放入我討厭的東西，因此深得我心。

過去和前女友約會時，我們會去吃中華涼麵，我記得那時的中華涼麵特別美味，但之後我就自然而然沒再和前女友碰面了，不知道是她甩了我，還是我甩了她，這種事情我通常不會去深究。和她走在一起，總是經常被路人吹口哨，讓我瞬間冷卻下來，大家有過這樣的經驗嗎？我遇過十次左右，可能在旁人眼裡，我們是一對肉麻兮兮的情侶吧！

我以前有寫過何謂耍「冷」，簡單來說就是某種讓熱情場面降溫。不過有些人一旦被「冷」中斷，反而會勃然大怒，這種情況就「冷」凍失敗了。回到中華涼麵的話題，我認為「中華涼麵不是冷卻的拉麵」，這點真是曠世傑作。如果把中華涼麵改名為「中華冷麵」，不就可以把煮好很久的拉麵直接端上桌了嗎？不過這種文字圈套還是留在懸疑小說裡就好。

我喜歡豚骨拉麵，但一個月只吃一次左右，烏龍麵和蕎麥麵則鮮少食用，我比較常吃義大利麵。話說回來，至今為止我還沒有吃過義大利涼麵呢！

小學時，根本不知道會計有多麼重要。

通常跟在某某長官身後、負責打頭陣的都是會計和書記這兩個職位。就連學生會也會投票選出會長、書記與會計。當然，每次選舉都是由高年級生擔任候選人，身為低年級生的我只能一頭霧水地憑外表來投票。我對書記和會計是什麼一無所知，根本無從判斷候選人是否適合那個職位。當時我對選舉的印象，就這麼一路停留到長大成人。

就我孩提時的感覺，我認為小朋友根本不知道選舉是什麼，所以與其讓學生投票，不如由老師直接指定人選。或許學校是想教導孩子選賢與能的重要性吧！可惜完全失敗。

有些人主張日本總理大臣不應由國會議員選出，而該讓全國民眾直接票選，我則持反對意見。做這種事只是吃力不討好，畢竟泰半的國民根本什麼都不瞭解，只會靠外表和對自己是否有利來投票而已。

與會計相比，書記的工作內容容易想像多了。大概就是製作學生會的會議紀錄，還有負責寫黑板，因此我認為字漂亮的人比較適合擔任這個職位。書記有時也會上台演講，我一直認為書記不該演講，而要寫字，但身為低年級的我根本沒有發言權。當時我認為演講是很了不起的行為，為什麼書記可以做這種事？心裡納悶不已。

接著是會計。我對這個職務真是一無所知，大概是做些算帳的工作吧，可是學生會會有什麼帳款需要核對呢？再說，如果只算錢，那只要會加法和減法就可以了，應該任誰都可以擔任吧？可是會計依然要演講，搞得我一頭霧水，究竟怎樣的人才適合當會計呢？

後來我升上高年級，進了社團，準備選社長、書記和會計。才知道原來會計就是管理社費的人，說是管理，其實也只是把錢包帶好而已，只要具備不把社費弄丟的能力，任誰都可以勝任，真是令我百思不得其解。

後來我長大做了幾次會計後，終於瞭解了會計這項職務的內容。原來，會計需要具備的能力就是——不會私吞公款。

99 | 100

我覺得我可以寫一本叫做《得勢的妻子們》的書。

大約十年前，我曾和當時仍在御茶水女子大學任教的土屋賢二教授聊過幾次天，之後也兩度前往欣賞土屋老師的爵士樂演奏會，土屋老師負責彈琴，彈得非常好（我則一次都沒彈過）。土屋老師的散文和哲學入門書我幾乎都拜讀過，尤其在哲學方面，更是我唯一接觸過的著作。

在土屋老師的散文中，曾提到太太是一種恐怖的存在，原本我以為讀來會很誇張幽默，想不到從頭到尾充滿了現實感，我沒有見過土屋夫人，因此在我的想像中，夫人可怕極了。

剛結婚時，我很慶幸太太溫柔又體貼，後來過了十年，竟起了微妙的變化。歷史相關的書裡，常會出現「得勢」這個詞彙，意思是勢力增長，而這個現象在四十多歲的太太們身上特別容易應驗，不但我自己的太太如此，問了幾個朋友，大家也都紛紛贊同，可見這是一種普遍現象。

男人通常成長到三十歲左右，就不會再有太大的改變，女人卻不一樣，歷經結婚、生子，將小孩養育成人，女人會成長到另一個階段，尤其在與丈夫的關係上。簡單來說，就是女人發現了丈夫不中用，知道男人的界限在哪，因此從「服從」的立場崛起，掌握勢力，超越對方。

我的插畫家老婆大人（刻意用敬稱）人稱SUBARU[18]，這幾年來變得非常強勢。由於我在庭院鋪設鐵路，還在車庫囤積了大量玩具，她知道「老公已經離不開這個家了。」我的弱點都被她掌握在手裡。有時我只是詢問老婆大人意見，都會被回問「所以呢」、「那又怎樣」，為此我開始學著避免使用疑問句。其實從很久以前開始，我的弱點就掌握在我太太手裡，只是我直到最近才驚覺而已，或者該說，是老婆大人故意讓我發現的。

為了避免衝突，我決定盡量不和她正面交鋒，肚子餓了想開飯時，就對著狗狗說「飯應該快煮好了吧？」這樣最有效。

18——森博嗣太太的筆名SASAKI SUBARU。

100 | 100

這世界上最難解讀的文章，放在國稅局寄來的信封裡。

許多人覺得英文比日文難，其實那只是單字量不多，如果用字典查過單字，反而會覺得英文的內容比較好理解。我接觸的英文幾乎都和工作、技術有關，因此這份感覺特別強烈，尤其英文有單數、複數之分，又有關係代名詞，實在很方便。每每寫起日文，一想到無法用這些文法，就感到有些綁手綁腳。

國稅局有時會寄郵件過來，打開信封一看，裡頭有轉帳單和各式各樣像宣傳手冊一樣的東西，看得我一頭霧水，上面寫著請民眾自行填寫資料與各式名稱，但我還是不知道它想表達什麼，最後只能拜託會計師處理，統統交付給他。有了會計師幫忙，報稅不再是一件苦差事，若雇不起會計師，那真的會一個頭兩個大，雖然一年得付十萬元以上的薪水給會計師，但我認為價格其實不貴。如果國稅局願意提供更簡單明瞭的稅制，那我願意把這三十萬元雙手奉上。

不只國稅局，之前我曾去一趟區公所，填寫資料好申請補助金，當時說明事項上寫著「要帶銀行存摺影本前往」，於是我把存摺影印好，結果區公所的人告訴我，那個下次再帶來就好，因為補助金尚未確定是否會發下來，至於審查結果則會另行以郵件通知。幾天後，我收到了郵件，信裡裝了一份可申請全額補助金的文件，接著，我又收到了一封新的郵件，要我填寫銀行帳號，以及想要申請的金額。這樣倒不如之前就把銀行資訊一次繳交出去，省得我又得跑一趟區公所。

令我百思不得其解的是，明明已經確定可發配全額補助金，又要民眾填寫想申請的額度，不是很奇怪嗎？既然能申請全額，一般人都會統統申請才對吧，應該不會有人謙虛到說我不需要那麼多錢吧？如果真有人這樣，那一開始也不需要申請了。

總而言之，區公所就是一個不斷製造多餘文件、讓民眾跑好幾次的地方。雖然最近已經改善不少，但問題仍處處可見，令人傷透腦筋，畢竟那些還需要改進的地方，比起已經改善的部分，仍是多出了不少啊！

日本推理小說家教你看透人生內心戲
打破框架、拆解懸案的100個生活思考

作者　森博嗣
譯者　蘇暐婷
主編　陳慶祐
責任編輯　林巧涵
執行企劃　汪婷婷
美術編輯　陳文德
董事長　趙政岷
總經理　趙政岷
總編輯　周湘琦
出版者　時報文化出版企業股份有限公司
一〇八〇三台北市和平西路三段二四〇號三樓
發行專線　(〇二)二三〇六―六八四二
讀者服務專線　〇八〇〇―二三一―七〇五・(〇二)二三〇四―七一〇三
讀者服務傳真　(〇二)二三〇四―六八五八
郵撥信箱　一九三四四七二四時報文化出版公司
台北郵政七九～九九信箱
時報閱讀網　http://www.readingtimes.com.tw
電子郵件信箱　liter@ readingtimes.com.tw
法律顧問　理律法律事務所　陳長文律師、李念祖律師
印刷　勁達印刷有限公司
初版一刷　二〇一五年三月十三日
定價　新台幣二六〇元

國家圖書館出版品預行編目(CIP)資料

日本推理小說家教你看透人生內心戲：打破框架、拆解懸案的100個生活思考 / 森博嗣著；蘇暐婷譯.
-- 初版. -- 臺北市：時報文化，2015.03
ISBN 978-957-13-6215-1(平裝)
861.67　　104002375

"SHIKO" O SODATERU HYAKU NO KOUGI
by MORI Hiroshi

行政院新聞局局版北市業字第八〇號